月収

Gesshu

原田ひ香

Harada Hika

中央公論新社

Gesshu Contents

装画　かない
装幀　田中久子

月収

第一話

月収四万の女

乙部響子(66)の場合

今、頭の中にある悩みごと、お金があったらほとんど解決するのに。

ふっと、そんな声が聞こえてきて、乙部《おとべ》響子《きょうこ》はあたりを見回した。

昼下がりのチェーン系カフェ、人影《ひとかげ》はまばらだ。響子の周りにもほとんど人はいない。いるのは同じくらいか少し年上の男性が一人で座っているばかり。

さっきの声は女性のようだったから、該当《がいとう》しそうなのは少し離れた店の奥できゃっきゃとはしゃいでいる二十代の女性二人組で、どうしたって、そんなつぶやきをしそうにもない。

ならば。

もしかして、自分の中から出たのだろうか。自分自身の心の中から。

「お母さん」

声をかけられて目を上げると、響子の一人娘、真田時衣《さなだときえ》が八ヵ月の子供を胸に抱いて立っていた。

「大丈夫？　ほら、座って座って」

「うん」

暦《こよみ》の上ではとっくに秋だが、涼しくなる気配はまったくない。

時衣は真っ赤な顔をしてびっしょり汗をかいている。

「私が何か買ってくるわ、何がいい？」

「じゃあ、冷たいルイボスティーを」

この店はセルフサービスだ。すぐに財布《さいふ》を持って立ち上がった。

さっき、響子は自分用に一番安いホットコーヒーのSサイズを二百三十円で買った。その時は娘の分を出すことになるとは思わなかった。

財布の中にもう小銭《こぜに》はない。ちょうど、二百三、四十円くらいの小銭があって、札を崩す必要がなかったことに、小さな喜びを感じていたけど、今度は千円札を出す必要がある。

えんじ色で合皮の二つ折りの財布はいつ買ったのか忘れた。確か、大型スーパーのセールのワゴンの中にあったのを買った。その時には何か決め手があって選んだはずだけど、端《はし》が汚れ、そろそろやぶれそうになっているそれを見ると、いったいなぜ、これを選んだのか、まったく思い出せない。入っているのは数枚の千円札だけだ。軽いそれを手に、ルイボスティーのアイスを注文した。

「サイズはどうしますか？」

えっと……とメニューを見ると、ルイボスティーはSが三百円、Mが三百五十円、Lが四百円……自分だったら迷わずSだが……娘の方を振り返る。二人掛けの椅子に座った彼女はぐったりと肩を落としている。連日の育児で疲れているのだろう。

「……Mで」

肩を落としている娘が不憫《ふびん》でMにしたのではない。それは響子の中にあった小さな見栄だった。

「お待たせ」

娘にMサイズのアイスルイボスティーを手渡すと、彼女は礼も言わずに一気に飲んだ。半分くらい空になった。Mにしてよかった、と心から思った。

「大丈夫？」

「うん、なんとか」

　時衣は力なく笑った。

　一人娘の時衣が三十八を過ぎて子供を産むと言った時には、驚きつつも嬉《うれ》しかった。三十五でやっと（昨今では普通かもしれないが、響子の感覚からしたらやはり「やっと」だ）結婚はしたものの、相手はフリーランスのカメラマンで、時衣もフリーライター。気楽にふらふらと生きているようで、子供は作らないのかな？　と思っていた。でも時節柄、実の娘でも軽率に「子供は？」なんて聞くことはできなかった。

　自分自身、時衣を生んだのは二十七の時で、当時としては早い方ではなかった。子供ができるまで親や親戚《しんせき》、友達などにも「子供はどうした」と聞かれ続けて肩身が狭《せま》かった。娘や周りの女性たちには同じような思いをさせたくないと思っていた。

　けれど、実際に同様の立場になると、それも最も近い、娘となると事情は変わってくる。本当は内心、心配していた。

　子供を作らないならそれでいいが、将来のことはどう考えているのか……自分が聞いたところで何かが変わるわけではないけれど、つい、口に出しそうになって、それを押しとどめるのになかなかの自制心を要した。

　だから子供ができたと言われた時には、本当に嬉しかった。

　ずっとうつうつと暮らしていた自分に、一筋の光が差したような気がした。

　しかし、実態は過酷《かこく》なものだった。

　やはり、四十近くの出産はこたえたとみえ、時衣はしばらく家で寝たきりとなった。

うちに来るか、逆にそちらに行こうか、と提案したかったけど、これもまた、娘夫婦に干《かん》渉《しょう》しすぎるのも……と思ってできなかった。娘の夫の真田賢吾《けんご》（アーティスト名は kengo と名乗っている）は響子に直接言うわけではないが、あまり口出ししないでくれ、ということを結婚直後から匂《にお》わせていた。時衣と賢吾はつかず離れず、十年以上付き合っている仲で、なんのはずみか気まぐれか、一緒になることが決まった。結婚すれば、なんやかんやあっても、妻の尻に敷かれてくれるのではないか、という淡い望みもむなしく、いまだに時衣は賢吾の顔色をうかがっているようだった。

一人娘が、ずっと好きだった人と結婚してくれたのは嬉しい。だけど、いつもちらちら夫の顔色をうかがう姿を見ると、胸が痛くなる。

賢吾の親は中部地方に住んでいるが、すでに介護《かいご》が必要な歳《とし》だ。特に父親は響子の十以上歳上で、母親に介護されている。とても、孫の面倒《めんどう》をみることはできないし、考えてもいないようだ。

この娘婿《むすめむこ》が本当のところ、自分の子供をどう思っているのか、響子にはわからない。時衣は「賢吾さんも喜んでるよ」と言うが、出産してから、彼が手放しで笑っているところをまだ見ていない気がする。

「乃笑《のえみ》ちゃん、こんにちは」

響子が孫を抱いてやると、時衣はほっとした顔になった。

「ありがとう」

ルイボスティーを渡した時には出なかった感謝の言葉もするっと出てきた。

「大丈夫？　毎日、大変でしょう？」

思わず、また出てしまった。

「なんとかやってるよ」

「そう」

「お母さんこそ、どう？」

「元気よ」

お互い、そうも思えないのに。

「夜泣きは？　まだするんでしょ？」

時衣は力なくうなずいて微笑《ほほえ》んだ。

「昨日は二回かな……」

「あら、じゃあ寝られなかったね。言ってくれれば、日を代えたのに」

「代えたって変わらない。もう、いつもいつも、連日連夜だもん」

「そうなの……」

「これっていつになったら終わるのかな」

響子はその答えを探そうと昔のことを思い出してみる。だけど、時衣はとても手のかからない子で、彼女の夜泣きがいつまで続いたのか思い出すことはできなかった。

「まあ、離乳食《りにゅうしょく》が始まればそのうち……」

「もう、本当にきつい」

時衣は別に答えを必要としているわけではなかったようだ。響子の言葉をさえぎると、せきを切ったように話し始めた。

育児がこんなに大変だとは思わなかったこと、体力が続かないこと、もう十歳若ければと思うこと、髪が抜けてきたこと……。

「それに、お金も結構、かかるんだね……」

「そうなの？」

「おむつ代、洋服代、ミルク代……何でも高いの。最近、値上げもすごいでしょ」

時衣がルイボスティーを飲んでいるのはある意味、ファッションなのだ。本当は出産当初から母乳が出なかった。だけど、乃笑が二～三ヵ月のころ、スターバックスでフラペチーノを飲んでいたら、「あら、あなた、授乳中にコーヒーを飲んでいいの？」と隣のテーブルの老女にたしなめられたという。それは一週間に一度だけの彼女のささやかなリフレッシュタイムだったのに。

彼女はそれからノンカフェインのものしか飲まない。その必要がなくても。

娘がいろいろいっぱいいいっぱいなのがわかっても、響子には何もできない。

「……ねえ、お父さんはどうしてるの？　連絡取ってるの？」

一時間ほどしゃべりまくったあと、娘が急に尋ねてきた。

「え？　お父さん？」

あまりにも思いがけない問いにびっくりしてしまった。

「いや、あの人、どうしてるのかなあと思って」

時衣の父親、つまり、響子の元夫、内藤幸彦《ないとうゆきひこ》とは一年前に別れた。

一方的に別れを切り出されたのだ。

あと数年で年金生活、少しはほっとできるかと思ったところで、だった。

三十近く若い女に子供ができた、離婚したいと彼に告げられた時には呆然《ぼうぜん》としてしまった。

不貞《ふてい》にも呆《あき》れたが、あなた、今さら、また人生をやりなおすのですか、一から子供を育てるのですか、ということに。ずっと一緒にいた男がまだそれをやろうとするということの無謀《むぼう》さに、エネルギッシュさに、響子は打ちのめされ、そして、少し怖くなった。

金銭的にも、性的にも……。

幸彦は昔から女が切れない男ではあったが、五十代後半から少しはましになり、外泊《がいはく》はしなくなっていた。昔は何度か、家を出たっきり、何週間も戻らないようなことがあったけれど、さすがに六十過ぎてそろそろ落ち着いてくれるだろうと思っていた。響子自身は人生の店じまいを始めたい、どんなふうに死ぬのだろうということまで考えていた。

なのに、新たな子を持ち、育てる。それを選択した元夫に気味悪ささえ感じた。

だから、すぐに離婚に了承してしまったのかもしれない。

もう堕《お》ろせない子供が女のお腹《なか》の中でどんどん育っているということを、毎日のように幸彦から告げられてもいた。

彼は建築家、一級建築士、と書かれた名刺《めいし》を持って酒場を歩いていたが、立派なのは肩書きだけで、普段は知り合いの工務店にすがって時々、小さな仕事を回してもらっているだけだった。新しく一軒家を建築する、なんてことはほとんどなく、古家をリフォームする時に呼ばれるくらい。本当は建築士なんて必要ないのに、少し複雑な施工《せこう》にしたり、家主が世間知らずの金持ちでいくらでもぼったくれそうな時に、彼らに言われるがまま線を引く。

それでも、ほそぼそと仕事が切れないのは、それは彼の人当たりのよさや口のうまさ、人付き合いの巧《たく》みさのおかげと言えた。でも、四十年近く前、元夫がどうしても自分の好きなように家を設計したいと東京のはずれに家を建てられたのは、響子がただただ、一生懸命にローンを返したおかげだ、という自負があった。

元夫は響子が働くのを嫌《いや》がった。フリーランスなのに、妻をずっと専業主婦にしている、ということが自慢《じまん》だったのだ。九州出身の彼は、そういうところが妙に古くさかった。

お金があればすぐに使ってしまう夫と、時々、大金が入るフリーランスの仕事は相性が最悪だった。それを、次にお金が入ってくるまでを計算し、三十五年ローンを返済し、老後のためにわずかとはいえ貯金までした自分を……誰も褒《ほ》めてはくれなかった。

それどころか、元夫は自分があの家に残る、その代わり、貯金はお前にやると、けろりとして言った。貯金なんて、数百万しかないのに。

「……ねえ、お母さん、なんであの時、家を取らなかったの？　せめて、家を売って、そのお金を半分に分けてって言えば、今、あんなところに住まなくてもよかったのに」

娘の時衣が赤ん坊をあやしながら言った。

確かに娘の言う通りだった。でも、東京都内とはいえ、すぐ先は千葉《ちば》で、駅から十五分以上歩くか、バスに乗るしかない場所の古民家風の古い木造家屋《もくぞうかおく》はたいした値段にもならず、売ったらすぐに壊されてしまう……あれは、たいした才能もなかった夫の、最初で最後の本当に「建てたかった」家だ。

正直、響子は、夫を抜きにすればあの家が嫌いではなかった。

家の真ん中には大きな柱があり、それは地方の寺かなにかにあったいちょうの木が嵐《あらし》で倒れたのをきれいなところだけ取って、夫がどこかに保管していたものだった。つやつやと光る佇《たたず》まいが響子は好きで、いつもきれいに磨《みが》きあげていた。

そう、夫にはもう未練はない。だけど、あの家が無残に壊されるのは見たくなかった。

とはいえ、夫が建てた家……その隅々《すみずみ》に彼の匂い……言うなればそのエゴが充《み》ち満ちている家に住みたいとも思わなかった。

それに、これから子供を育てるのに収入は先細りするとしか思えない男に、家くらいなければ、路頭に迷うのもわかっていた。いくら憎くても、一人の赤ん坊と母親を飢《う》えさせたりはしたくない。

「お母さん、本当にお人好し」

時衣は大きなため息をついた。

「結局、あたしが今苦労しているの、元はと言えばあの人のせいのような気がする……」

え？　と驚いた。どういう意味？　とは聞けなかった。あの人とは、幸彦のことだろう。

彼女の夫の賢吾も、いうなればフリーランスだ。サラリーマンではない男。家の外では人当たりがよく、たいした才能もないのに、死なない程度に仕事を取ってくるところまで二人はよく似ている。

気がついたら、自分の父親のような男を選んでしまった、ということなんだろうか。いや、それよりも気になるのは、彼女の口から「苦労」という言葉が出たことだ。

「何？　もしかしてあなた、賢吾さんで苦労してるの？」

これまで、生活や育児の困難さを愚痴《ぐち》っても、夫への不満や「苦労」は一度も言ったことがない娘だった。

それが、少し間接的とはいえ、初めてそれを口にした。

いったい、どういうことだろう。

時衣はちらっとこちらを見た。口を少し開いて、何かを言おうとして、そして、もう一度、響子の顔を見て、口を閉じてしまった。

下を向いて、乃笑の顔を見ながらつぶやく。

「……そりゃ、もう少し育児を手伝ってくれたらいいのに、とは思うよ」

結局、彼女の本音は最後まで聞けなかった。そして、響子も最後まで言えなかった。

娘に、お金を貸して、なんて。


娘の家のある板橋《いたばし》区の駅から電車に乗って三十分、駅を降りて十五分ほど歩いたところに、響子の今の家がある。

離婚して、さて、どこに住もうかと迷った時、少しでも娘の家の近くに、と考えて、自分の予算と照らし合わせ、やっと見つけたのが今の場所だ。

最初は賃貸《ちんたい》アパートを探していたけど、どこでも響子の年齢と年金額を聞かれ、いくつか予算に合うものを出してもらって内見までしても、大家にあっさり断られた。娘や婿が保《ほ》証人《しょうにん》になると言ってもダメだった。二人ともフリーランスだったからだ。

四軒目の不動産屋でも同様に、年齢と収入を尋ねられた。

「六十五歳、だいたい、四万くらいです」

朝から不動産屋を回って、足と腰が痛んでいた。しかし、それ以上に痛かったのは胸と頭だ。このまま住む場所を見つけられなかったら、高齢出産を控《ひか》えた娘に迷惑をかけるかもしれない。

それは恐怖だった。

娘よりもずっと若そう……下手《へた》したら孫でもおかしくない、二十代とおぼしき不動産屋の店員は響子の年金額を聞いても顔色一つ変えなくて、それだけは少し慰《なぐさ》められた。きっともう慣れっこなんだろう。

「年金は国民年金だけですか？　旦那《だんな》さんの厚生《こうせい》年金があれば、亡くなっても遺族厚生年金がありますよね？　死に別れたんですか？」

矢継《やつ》ぎ早《ばや》にさくさくと聞かれ、すべて話してしまった。離婚のことや夫が自由業だったことも。

「なら、いくらか財産分与されてますよね？」

これもまた、あけすけな口調だった。

疲れ切っていた響子は思わず、「三、四百万くらいなら」とはっきり答えてしまった。

「なら、もういっそのこと、家を買いませんか」

「え？」

「賃貸だと、たとえ、今はなんとか入れても、次の契約更新《けいやくこうしん》で断られるかもしれません。家を買っておけば家賃はいらないし、少し働けば暮らせるでしょう」

「家？　でも、ローンは組めませんよ」

「三百万で買える家です」

そして、数枚のチラシを出してくれた。どれも築四十五年以上、駅から徒歩十五分以上だった。だけど、彼に軽自動車で連れられて内見したところ、きれいに直してあったし、小さな庭までついている家もあった。

あの時はなんだか、夢を見ているようだった。自分が家を買うなんて信じられず、でも、夢心地のままお金を下ろして、気がついたら判を押していた。

駅から徒歩十五分以上かかると言っても、自転車を使えば五、六分で着くし、疲れない。歳を取ればどうかわからないが、今はまだ自転車に乗れる。小さなブロック造りの門の前に自転車を置いて、中に入った。

家は木造で、一階に台所と風呂とトイレがあり、八畳《じょう》ほどの居間がある。二階には六畳の板の間と四畳半の和室だ。買った時、すでに温水便座や新品の風呂がついていた。響子一人には広すぎるほどの家だ。しかも、一畳ほどの庭まである。

小さな冷蔵庫を開けて、今夜のメニューを考えた。とはいえ、すでに作り置きの味噌汁《みそしる》がある。それを出して温め、炊飯器《すいはんき》の中に保温されていたご飯をよそい、漬物《つけもの》で食べた。

その家は当初、建売《たてうり》の分譲《ぶんじょう》住宅として建てられたのだろう。向こう三軒両隣とでも言いたい場所に、すべて同じ造りの家が並んでいる。

文化住宅というような、元夫が一番馬鹿《ばか》にしそうな造りの家だし、娘にも「あんなところ」と言われたけれど、響子はこの家が好きだった。

なんだか、ほっとする。

ごちゃごちゃした装飾《そうしょく》やデザインがなく、作り手の思い入れもない家。すっきりとしていて、悪くない。ただ、最初からプロパンガスが引かれていたので、やたらとガス代が高いのが玉《たま》に瑕《きず》だが……。

ご飯を食べると二階に上がり、ベッドの脇《わき》に置いてあるテレビを観ながら夜を過ごした。

一階二階、合わせて約四十五平米《へいべい》、二階には二間ある。

家を買ったから、家賃の心配はなくなった。一人なら食費はあまりかからないが、それでも、まだお金が足りないのは変わらない。

国民健康保険料と介護保険料を合わせて、一ヵ月で一万円弱となる。これだけで四万の年金は三万円になってしまう。

ここにきてしばらくは家を買ったあとのわずかな貯金を切り崩して生活していた。だけど、それももう、残すところ数十万円ほどだった。

響子にはほとんど職歴がなく、結婚前に勤めていた事務の仕事くらいしか経験がない。ただ、ダメ夫との生活で、こまめに自炊するとか掃除するとか、そういうことだけはできるからお金は多くはかからないけれど、それでも月三万円では暮らせない。あと数万円、できたら五万くらいは欲しい。

そんなことを考えていたら、翌朝、六時頃に自然と目が覚めてしまった。というか、なかなか寝付けず、何度も何度も寝返りを打って、数時間うとうとしたら夜が明けてしまったような感じだった。

しかたなく一階に降りて顔を洗い、歯ブラシに歯磨き粉をつけながら、それをしげしげと見た。ずいぶん毛が摩耗《まもう》してしまって、反《そ》り返っている。

そろそろ、新しい歯ブラシも買わなくちゃね……自然とため息が出た。今は百円の出費もこたえる。

くさくさした気持ちを変えたくて、庭に面したガラス戸を勢いよく開けた。奥行き一・五メートル、幅三メートルほどの細長い庭が家にへばりつくように横たわっている。その周りはブロック塀《べい》に囲われていた。

今、庭には何も植えていない。硬い地面が見えるだけだ。片隅に細いハナミズキの木が植わっているが、前の持ち主が置いていったもので、何色の花が咲くのかも知らない。

その庭に向かって、シャカシャカと派手な音を立てて歯を磨いていたら、視線を感じて目を上げ、ぎょっとした。

男が一人、ブロック塀の上に顔を出して、こちらを見ている。

もう少しでぎゃっと声をあげるところだったのは、その風貌《ふうぼう》だ。その男は若く、長い髪を後ろで結んでいる。顔立ちはそこそこ端整《たんせい》だが、首のところに刺青《いれずみ》……今はタトゥーというのか、それがびっしり入っている。襟《えり》ぐりが開いた黒いTシャツを着ているため、模様が身体《からだ》の方にも続いているのがわかる。

男は響子と目が合うと、軽く会釈《えしゃく》して立ち去った。にこりともしないし、かといってにらみつけられたわけでもない。愛想《あいそ》がよくもわるくもない、そんな表情だった。

いったい、今のはなんだったんだろう……響子はまだドキドキと打っている心臓を歯ブラシを握《にぎ》った手で押さえて部屋の中に入った。

あんな人、このあたりに住んでいたかしら、ああ怖い……そして、その時、なぜか、ふっと思いついたのだ。

こうしてビクビクしながら生きていてもしかたがない。今日は意を決して、あそこに行ってみよう、と。

午前九時過ぎ、響子は白いブラウスと長めのタイトスカートという服装《ふくそう》に着替え、日傘《ひがさ》を携《たずさ》えて家を出た。普段は自転車に乗って駅まで出るからズボンが多いけれど、今日は徒歩で移動することにした。

というのも、駅に行くわけではなく、隣町のシルバー人材センターに行ってみようと思っているからだった。仕事を紹介してもらうなら服装も少しは整えたかった。

そういう場所があるということは、離婚前から知っていた。利用こそしていなかったものの、以前、住んでいた家の隣の奥さんが「庭の整備をシルバーさんに頼んだのよ、安くすんだわ」などと話しているのを聞いていた。さらに、ここに引っ越してきて住民票を隣町にある区役所に出しに行った時、壁のところに置いてあったさまざまなチラシのラックから自分に必要そうなもの——主に高齢者の生活に関するようなもの——をもらってきていたのだが、その中の一枚にセンターの案内があった。

自分が高齢者のための施設のお世話になるとは……それもお仕事を頼むのではなくて、自分が「やる」側になるなんて。

だけど、背に腹は代えられない。いつまでも現在や将来を怖がっていてもなんにもならない。とにかく、どんなところか行ってみて、ダメなら諦めよう。そんな気持ちで、響子は歩いていた。

シルバー人材センターが入っている建物は二階建てで、一階のところには大きく矢印がついていて「作業所」という文字があった。二階の方には「事務所」と書いてある。きっと受付はこちらの方だろう、とめどをつけて階段を上がっていった。

ガラスの扉を開けると、中では五、六人の人が働いていた。皆、上におそろいの薄いブルーの作業着を着ている。しかし、彼らは高齢者には見えないのでここの職員だろう。

「あの……」

か細い声を出しただけなのに、すぐに手前にいた若い男性……とはいえ、四十そこそこだろうか……が振り返ってくれた。

「何かご用でしょうか」

「あの……こちらでお仕事をさせてくれるって……役所のチラシを見て……」

普段はそう、おとなしい方ではないと思うのだが、こういう場所にくるとあまり働いたことのない響子は気後れしてしまう。

「ああ、入会希望者の方ですか？　一応、木曜日の午後、説明会をしているんですけど」

「え⁉」

今日は火曜日だ。なんでちゃんと調べてこなかったんだろう……電話を一本入れればよかった。

「でもいいですよ！　今、手が空いてますし、ご説明しますよ」

彼は明るく対応してくれた。

「そんないいんですか？　お邪魔じゃ……」

「いいです、いいです。普段も随時、説明することがありますから」

彼はいくつかの資料を持ち、さっさと先に立って、事務所の奥の小会議室に響子をいざなった。

「本当にすみません」

「いえいえ」

「あなたのまちのシルバー人材センター」「シルバーセンターだより」などの文字がある資料を渡してくれた。

そこでざっと説明を受けたのは、高齢者が働くというのには二つの種類があるということだった。一つはお金のため、これはかなりの収入が必要な人用で、どちらかというとハローワークなどが向いている。もう一つは健康と生きがい作りのための仕事。収入は少なくても人のために働いたり、友達を作ったりするためのものだ。

「二つ目のケースを、うちのようなセンターが担《にな》っております。職種は多岐《たき》にわたりますが、女性ですと、家事援助《えんじょ》サービスや清掃《せいそう》、筆耕《ひっこう》なんかが多いですね」

「あのお……ここの下の作業所、というのは？」

「あそこでは主に内職作業のようなものをやってもらっています。例えば、タオルの袋詰め、ハンカチの袋詰め……変わったところでは……」と彼は有名なコーヒーチェーン店を挙げた。

「ハロウィン用のお菓子の詰め合わせを箱詰めする作業なんかも」

「はあ。詰める作業が多いんですね」

響子は改めて、もらった資料を見つめる。

字には自信がないし、体力にも自信がない。この中で一番自分にできそうなのは家事援助サービスということだろうが、人の家に行って家事をするというのも、今はあまり気が進まなかった。

「実は、年金が少したりなくてですね」

優しそうな男性の雰囲気《ふんいき》につられて、気がつくと自分のありのままを問わず語りに話していた。国民健康保険料や介護保険料を払うと、いくらも残らないことまで。

「そうですか。そういう方、今はたくさんいらっしゃいますよ」

彼はうなずいた。

「本当ですか？」

「はい。このプリントを見てください」

彼は数字を羅列《られつ》した一枚の紙を渡してくれた。それには「高齢者の年金受給月額」と書いてあった。二万円未満の人が全体の一・九パーセントという数字から始まって、最後は二十万まで。

「これを見ていただくとわかりますが、三分の一の方は六万未満なんです。さらに七万未満となると、全体の六十パーセント以上を占めます」

「まあ。そうなんですね」

「確か、年収が百三万以下の所得税非課税の方は健康保険料の減額制度というのがあるはずです。役所で相談してみたらいかがでしょう」

「ありがとうございます。聞いてみます」

しかし、仕事の方はどうしようか、家事援助サービスに登録していこうか……。でも。

「……そうだ、今日は」

迷い顔の響子を見て、彼は腰を上げた。

「ちょっと待っていてください」

部屋の外に出て行って、しばらくして戻ってくると嬉しそうにこう言った。

「実は、作業所の人に病欠が出ちゃって、机が一つ空いているんですよ。よかったら、試《ため》しに一日作業していきませんか？」

「ええ？」

いきなり訪れて、その日に仕事をすることになるとは……驚きつつ、これもまた何かの縁だろうと、響子はためらいながらも気づいたら小さくうなずいていた。

夕方、シルバー人材センターから帰宅した響子はまず、手を洗って台所で水を飲み、はあ、と大きなため息をついた。

作業所の仕事はなかなかの重労働だった。少なくとも、響子にとっては。

お年寄りが袋詰めの内職を和気《わき》あいあいとしている、という話から想像していた、のんびり、おっとりと仕事をしているというのとは大違い。皆、慣れているのかどんどんこなしていく。

理由はすぐわかった。

報酬は出来高制《できだかせい》で一人一人、作った分だけ自分の収入になる。だいたい、月三万から五万くらいもらえるそうだ。まずはそれくらいから始めるとして金額は悪くないのだけれど……皆がつがつと仕事をしている様子に、響子は少し恐《おそ》れおののいてしまった。

私はあんなふうにはできない……。

響子のそういう気持ちが通じたのか、それともただ忙しいだけなのか、十人ほどの同僚は誰も響子に声をかけてくれなかった。すでに仲良しグループができあがっていて、お昼の時間もひとりぼっちだった。響子は近所のコンビニでサンドイッチを買ってきて食べた。今日の収入よりこれの方が高いだろうと思うと、うまく喉《のど》を通らなかった。

それでもあの作業所はとても人気で、今は空きが出るまで少し待たなければならない、と説明された。空きが出るということは、きっと、誰かがあそこに来られなくなる、ということで、つまりは施設に入るか入院するか、死……。

はあ、とさらにため息が出た。

あれが人気で最高の職場なんだとしたら、他は推《お》して知るべしだ。自分なんかにできるわけがない。

シルバー人材センターに行ったあと響子はまた、無為《むい》な日々を過ごしていた。職員に教えてもらった情報をもとに役所に相談に行き、健康保険料を七割免除してもらうことはできた。しかし、まだお金は足りない。最後の頼みの綱《つな》だった場所がダメだとわかって、途方にくれる。

あの時、彼は「これ以上の収入を望まれる方はハローワークをお勧《すす》めしてますね」と言っていたけど……。

「ただ、やはり事務職を望まれる方が多いんですが、高齢者の採用はかなりむずかしいというのが現状です」

彼の一言一言を思い出して、深いため息が出る。

そう、そんな甘いものではないのだ。

仕事も人生も。

朝食を終えた響子は自分で淹《い》れたお茶を手に、ぼんやりと庭を眺める日々を送っていた。今はこのくらいしかすることがない。

「あの……」

その時、急に声をかけられて、ドキリとして顔を上げた。そして、さらにぎょっとした。

あの男だった。

先日、ここで見た、というか塀ごしに見られた男だ。全身刺青（推定）の若い男。

「あの、ちょっといいですか？」

「あ、はあ」

響子は消え入りそうな声で答えた。本当はよくないけど、そんなことを言ったら、何をされるかわからない。

「そっちに行ってもいいですか？」

彼は手でブロック塀からぐるっと回るようなしぐさをした。響子の家の庭は門の脇から入るようになっている。彼は門を入ってここに来てもいいか、と聞いているのだろう。

「あ、いや、それはちょっと……」

「じゃあ、ここでちょっとお聞きしたいんですけど、この庭、何も植えないんですか？」

「は？」

「このまま、何も植えないのかって聞いているんです！」

彼と響子の間は二メートル近く離れている。彼は自然、怒鳴るような大声になっていた。ただ、彼の言葉遣《づか》いは意外と丁寧《ていねい》で、少しだけ安心した。

「はあ。今のところ、そのつもり……ですが」

こちらの声は、自然と小さくなる。

「じゃあ、ちょっとここを貸してもらうわけにはいかないですかね⁉」

「へ⁉」

「ここを！　借りたい！　いんです！」

響子の声が小さいからか、彼の声はどんどん大きくなる。周りの家に怪しまれそうだ。

「私がそちらに行きます……」

「は？」

家に入れるわけにはいかないが、このままにもできなくて、響子は慌《あわ》てて庭に置いてあったサンダルを履いて、彼のところまで走った。

「ああ、すみません」

響子が軽く息を切らしていると、彼は謝《あやま》った。やっぱり、思ったよりもちゃんとした人間のようだ。

「なんでしょうか、お庭のこと……？」

「はい。僕、こういうものです」

彼は背負っていたボディバッグから名刺を取り出して渡してくれた。そこには『ミント&ラム』という英語の店名と、店長、城内錠《しろうちじょう》という名前、池袋《いけぶくろ》の店の住所が書いてあった。

「そこでバーテンダーをやっているんです。というか、一応、店を経営しているんですが」

「店長さん……？」

「はい。モヒートって飲んだことあります？」

「モヒート？」

「ミントの葉とラムを使ったカクテルなんですけど。ラムっていうのはサトウキビで作った蒸留酒《じょうりゅうしゅ》で……」

「ラムなら知ってます」

「そうですか。カクテルっていうのは……」

「カクテルくらい知ってます」

まったく、今の若者というのは老人はなんにも知らないと思っているのか。若い時は元夫に連れられて、西麻布《にしあざぶ》や六本木《ろっぽんぎ》で飲み歩いたものだ。

「すみません。とにかく、モヒートっていうのはミントを使ったカクテルなんですが、その専門店をやってるんですね」

「はい」

「で、僕の店は特に、ミントを大量に使うんです。グラスにぎっしりミントと砂糖《さとう》を入れて」

彼は手を上下に動かして、何かをとんとんと叩《たた》くような動作をして見せた。

「葉っぱをよく潰《つぶ》すんです。モヒートを出すバーでもミントを数枚ちょろっと入れるだけという店も多いんですが、うちはどっさり入れるんです」

「はあ」

彼のミントへのこだわりはわかったけれど、それとうちがなんの関わりがあるのだろう。店に来て欲しいという宣伝だろうか。

「わかりました。でも、私はもうそんなにお酒は飲まないんですよ……」

「いや、そういうことじゃないんです。ミントを大量に使うんで、結構、お金がかかるんです」

「だから、私はお酒は……」

「で、ここに植えさせていただけないでしょうか。ミントを、この庭に」

「は？」

「もちろん、ただではないです。ちゃんとお金は払います。ミントも俺が植えます」

説明するうちに気が楽になってきたのか、彼は僕から俺に変わった。

「お金？」

「この庭にびっしりミントを植えさせてもらって、できたら、水やりとかそういうのは……お姉さんにやってもらって」

お姉さんと、響子を呼ぶ前に一瞬のためらいがあった。きっと、おばさんやおばあさんと言おうとして、客商売らしく気を遣ったのだろう。

「例えばですが、俺が店に行く前に、今日使う分だけ刈り取らせてもらって、それを一日千円で買い取る」

千円？　たった千円か……と思って、頭の中で計算した。一ヵ月三十日として、千円かける三十……三万円⁉

「あの……ミントって確か、そんなに手間がかからないわよね」

昔、前の家の庭で、プランターで育てたことがある。あとからあとから新芽が出てきて、一年中使えた。

「はい。一度植えたらすぐに増えますし、水だけやっておけば、そう手間はかかりません。逆に、すごく強い植物なので、一度、地に植えてしまうと、他の植物も駆逐《くちく》する勢いではびこってしまいます。だから、庭があっても別のものを植えていたり、ガーデニングなんかをしているお宅ではダメなんです」

男……城内錠がなぜ、自分を選んだのかがわかった。このあたりで庭に何も植えていないのはうちだけだ。

「俺、この近くのアパートに住んでいて、庭のある家なんて、夢のまた夢なんです。畑を別に持つのも。だから……」

「本当に水をやるだけでいいの？」

「というか、水だけじゃないと困ります。農薬とか一切使わないで欲しいんです。それをそのまま洗っただけでグラスに入れてお客さんに飲ませるんですから。完全無農薬栽培《さいばい》のミントを使っている、というのを売りにしたいんです」

響子はうなずいた。なんだか、夢のような話が転がり込んできたのだ。それも向こうから。

「……あなた、よかったら、ちょっとうちに上がって説明をしてくださる……？　それから、店は月に何日やっているのかしら」

「基本的に年中無休です」

気がついたら、自分から錠を家に招き入れていた。


次の週には、錠は通販で買ったミントの苗《なえ》と畑用の土を響子の家に送りつけてきた。

「これ、モヒートミントっていうんですよ」

かっちかちに固まっていた庭の土を掘り返して、畑用の土と混ぜ、鶏糞《けいふん》も少し混ぜた。庭が少し臭くなったが、我慢するしかない。錠が言うには、時間が経《た》ってミントが育ってくれば臭いは消える、ということだった。

「モヒート用のミントなのね？」

「ペパーミントとかスペアミントとかでもいいんですけど、うちはモヒートミントを使っている、というのを売りにしたいので」

だいたい、三十センチ四方に一株《かぶ》ずつ、彼はミントを植えた。本当にただ水をやるだけで、ミントはすくすくと育った。彼は結構、頻繁《ひんぱん》にやってきてミントの生育をチェックし、伸びてきた枝を根元でカットした。それは店で使うためではなく、苗が脇芽を増やし、さらに大きく横に増えていくためなのだと説明した。ミントが成長するまで、彼が来るのは早朝が多かった。バーの営業は朝五時まで、そのあと、店の片付けをして帰宅するのがその時間だったのだ。

「だから、うちの家を朝のぞいていたのね」

響子が問うと彼は「そうそう」と笑いながらうなずいた。

「どっかにミントを植えられそうないい庭はないかな、って探してたんだよ」

しばらくすると彼はさらに気安い口を利くようになった。長髪《ちょうはつ》やほぼ全身刺青の見た目には驚くが、笑うと小さな八重歯《やえば》が見えてとてもかわいい顔をしている。

この人は女にもてるだろうなあ、と本心から思った。まあ、もてないとやっていけない仕事だろうけど。

夏の終わりに植えたミントの苗は十月ごろには三十センチ以上伸び、庭一面をびっしりと覆《おお》いつくすほどに育った。

丈夫なハーブなので、虫がつくことはほとんどなかったが、それでも、ヨトウムシに葉をかじられたり、アブラムシがついたりした。ヨトウムシにやられた時は、響子は懐中電灯《かいちゅうでんとう》片手に虫の駆除《くじょ》にいそしんだ。夜だけしか出てこない虫だからだ。アブラムシの時は牛乳をスプレーして追い払った。

しかし、いったん、苗が育ってしまえばむずかしいことはほとんどない。毎日錠が収穫しても、葉はすぐに伸びる。

錠はだいたい午後四時ごろ、バーの開店前に響子の家に来て、持参のキッチンばさみでレジ袋いっぱい分くらいのミントをカットして行った。

「はい」

彼はいつもマネークリップから千円札を一枚抜いて、響子に手渡した。

「ありがとうございます」

「いや、こちらこそ、ありがとう」

家にずっといる必要もない。響子が家にいなくても、彼は勝手に庭に入ってきてミントをカットして出勤する。そして、次の日に前の日の分と合わせて二千円をくれる。

健康保険料は減免してもらったし、月に約三万円の収入ができて、決して楽な生活ではないが、なんとか生きていけるようにはなった。時には五千円ほどのあまりが出て、貯金さえできたりする。娘の時衣と孫に、ファミレスでご飯をおごることもできるようになった。


ある夕暮れ、響子はふっとよいことを思いついた。時計を見ると、まだ六時だ。普段なら、冷蔵庫の中のものを適当に調理してご飯を食べる時間である。

だけど、そんな日常がわびしくなった。

二階に上がって、押し入れを開ける。ベッドに寝ているからここには布団《ふとん》を入れていない。その代わり、ハンガーラックを置いて数少ない洋服を下げていた。

響子はその中から一番顔色がよく見えるワンピースを選んで身につけた。いつもは適当に結《むす》んでいる髪をほどいて肩に垂《た》らし、洗面所で化粧《けしょう》をした。このごろはたいてい、色つきのリップクリームくらいしか塗《ぬ》らないのだが、久しぶりにポーチの奥から赤い口紅《くちべに》を取り出して丁寧に塗った。

東武東上《とうぶとうじょう》線に乗って池袋を目指しながら、胸がドキドキした。こんなふうに夜、都心に向かって電車に乗るなんて、何年ぶりだろうか。

以前にもらっていたショップカードを頼りに店を探した。それは、雑居ビルの地下にあった。重いドアを開けて入ると「いらっしゃい」という錠の声とジャズの音楽が聞こえた。

「こんばんは」

響子の顔を見ると、錠は驚いたように眉を上げ、苦笑いしてカウンターの端の席を指さした。中央には、もう初冬なのに袖なしの服を着た女性が二人、並んで座っていた。ひっきりなしに、錠に話しかけている。一人は響子の方を見ると嫌な笑い方をした。もしかしたら、なんであんなおばあちゃんが、と思っているのかもしれない。

二人のかしましいおしゃべりが一段落したところで、錠がメニューを持ってやってきた。

「どうしたの？」

「……一度……錠さんが作るモヒートを飲んでみたくて」

メニューを見ると、ずらっとモヒートが並んでいる。シンプルなモヒートだけでなく、ストロベリーモヒートやマンゴーモヒート、それから、ラムの種類を変えたジャマイカンモヒートなども。ワインや他のカクテルもあるようだが、やっぱりモヒートだ。

「じゃあ……普通のモヒートを」

「響子さん、飲めるの？　お酒」

「だから、昔は結構飲んだって言ってるでしょ、バカにしないでよ……と言いたいところだけど、実は、もう何年も飲んでないの」

「じゃあ、薄めに作りますよ」

響子と錠が話している間、二人の女性は所在なげにこちらを見ていた。変なばばあが来たと思っていたら、錠と親しげに話していて、驚いたようだった。

響子はほんのわずかだが、他の女に対して優越感《ゆうえつかん》を抱くという久しぶりの体験をした。それも自分よりずっと若い女に対して。

錠が作ってくれたモヒートはおいしかった。氷とミントと砂糖とライムの搾《しぼ》り汁《じる》を細長いグラスに入れ、丁寧に潰してラムとソーダを注ぎ入れる。甘酸っぱくて、でも濃いミントの香りがする。

「おいしい。こんな飲みやすいと思わなかった」

「それはよかった」

「これまで、一度も飲んだことがない味……驚いた。これがモヒートって言うのね」

「でも、普通の店じゃ、こんなにたくさんミントが入らないから。たぶん、ここのを飲んだら、他の店では飲めないと思うよ」

そう言う錠の顔には、どこか誇《ほこ》らしげな色が浮かんでいた。

「このモヒートは僕と響子さんの共同作品だね」

バーにいるからか、彼の声はいつもより甘く聞こえた。

ゆっくりとそれを飲んで、家路についた。響子が帰る頃にはバーはほぼいっぱいになっていた。

たった一杯のモヒートの値段は千二百円。響子が一日にもらうお金より高かった。

化粧を落として、いつもよりゆっくり風呂《ふろ》に入ってからベッドに横になった。錠の言葉をつぶやいた。

「……このモヒートは僕と響子さんの共同作品だね」

そんなことを一度でいいから夫に言って欲しかった……家ができた時でも、住宅ローンを完済した時でも。

そんなことがあって錠に気を許してしまったのだろうか。次に彼と顔を合わせた時、響子はつい口走ってしまった。

「あの……ミントの値段だけど、もう少し上げてくださらない？」

すると彼はまた、片方の眉をきりりと上げた。

「は？　どういうこと？」

その表情を見ると少しだけひるんだが、ここは思い切って言ってしまおう。

「あなたの店のモヒートは一杯千二百円以上でしょう？　あの女の子たちはがぶがぶ飲んでいたじゃない。もう少し値段を上げてくれてもいいんじゃない？　例えば……一日二千円とか」

言ってしまってから胸がドキドキして自然と目をつぶった。彼は怒ってしまうかもしれない。

「あはははははは」

しかし、聞こえてきたのは大きな笑い声だった。

「やられたなあ」

おそるおそる目を開けると、錠は身体を二つに折るようにして笑っていた。

「確かに、ね。格安で質のいいミントを仕入れられるのは響子さんのおかげですよ」

響子はほっとした。

「なら……」

「いや、でも、池袋のあの場所の賃料、結構、かかるんですよ。ラムなんかのスピリッツだって、このところの円安でどんどん値上がりしているし」

響子は自分でも表情が曇るのがわかった。

「でもまあ、いいでしょ。響子さんには世話になっているし……ただ、二千円は高すぎです。一ヵ月だと六万近くなる。それなら、プロの業者に頼みますよ」

「確かに」

「とりあえず、千五百円ならどうです？」

響子はすぐにうなずいた。実際、本当に倍にしてもらえるとは思っていなかった。ダメで元々の金額だった。それなら、一ヵ月四万から四万五千円になる。十分ありがたい。

「ぜひ、よろしくお願いします」

「ただね」

錠は片目をつぶった。彼のウインクは普通の人と少し違う。顔をゆがませることなく、左目だけをぱちっと器用につぶるのだ。きれいな顔だけど、少し奇妙に見える。

「これには責任も伴《ともな》いますよ。響子さんが大人の交渉してくるなら、僕の方もあなたを一人前の大人として扱います」

響子は黙《だま》ってうなずいた。それはきっと、ミントの品質をきちんと一定以上に保て、ということなのだろう、と思った。そして、錠に感謝しつつ、これまで以上にしっかりと育てよう、と胸に誓った。

「立派なミントですね」

響子がミントの値上げに成功した冬の日、庭で水やりをしていると、道路の方から若い女の声がした。顔を上げると、髪をアップに結い、化粧っ気はないがつるっとした頰が魅力的な女性――響子から見たら女の子がこちらを見ていた。娘の時衣より若い。三十代か二十代の後半というところだろうか。

「ありがとうございます」

「本当によく育ってる」

にこにこしていて、まったく屈託《くったく》がない。その笑顔に釣《つ》り込《こ》まれて、微笑み返してしまった。

「ご近所の方ですか？」

「あ。いいえ。私は隣の木村《きむら》さんの……」彼女は手で、響子の家の左隣を指した。「家の大家です。大島成美《おおしまなるみ》と言います」

「あら、大家さんですか？　木村さんにはお世話になっています」

響子はホースの水を止め、慌てて、庭から出て彼女にお辞儀《じぎ》をした。

「いえいえ、こちらこそ、お世話になっています」

「大家さんだなんて……お若いのにすごい……確か、木村さんもお若いご夫婦ですよね？」

時々、奥さんが朝、家を出て行くところに出くわすことがあり、挨拶《あいさつ》は交わしていた。

「はあ。いいえ、あの、まあそうですね」

大島は軽く、首を傾《かし》げた。大家といえども他人の家の家庭事情をやすやすと話すような人ではないらしい。

「今日は何か、ご用で？」

「はい。木村さん宅のインターホンが壊れた、ということで業者さんと一緒に来て、今、直してもらっているところなんです。それで、ご挨拶をと思いまして」

「あら、そうですか。ご丁寧にどうも……ああ、貸家だとそういう修理も大家さんがやってくださるのね。うらやましい。私はここが持ち家ですから、何から何まで自分でやらなくてはならなくて」

愚痴を言いつつ、少しだけ自慢だった。いろいろあっても自分の家だ。

「まあ、そうですか」

大島は微笑みながら聞いている。

この人はいったい何を言いに来たのかな？　本当に挨拶だけなんだろうか……響子は少し疑いつつ、また頭を下げた。

「それでは、失礼します。ご挨拶ありがとうございました」

「あの……あのですね。ちょっといいですか」

大島が家の中に入ろうとした響子を引き留めた。

「はい？」

「一つだけお願いしたいのですが」

「なんでしょう？」

「この、ミントっていうのはすてきなハーブですが、生命力が強いことでも知られてますよね？」

「ええ。本当に。ちょっとやそっとでは枯《か》れません」

「地下茎《ちかけい》でどんどん伸びて増えますよね」

「はあ」

「それであの……うちの家の方には来ないように、ご注意いただけるとありがたいです」

「あ」

「今はいいですけど、今後、こっちに伸びてこないように気をつけていただけますか？　こっちの庭に入ってきた分は、許可なく切らせていただいていいですよね？」

「あ、ああ。すみません、もちろんです」

「いえいえ、こちらこそ、お仕事中にすみません。今後ともよろしくお願いします」

一見、爽《さわ》やかなお嬢《じょう》さんだけど、なかなかしっかりしてるわ、若くして大家だというだけある……響子は感心しつつ、その生命力に圧倒された。まるで、ミントのようだ、と。


翌年の一月、錠は仕事始めの五日に訪ねてきた。

「あけましておめでとうございます」

「こちらこそ、おめでとうございます」

いつものように庭先で、頭を下げ合った。

「響子さん、今日はちょっとお願いがあるんですけどね」

「え？」

ただの年明けの挨拶かと思っていた響子は面食らった。

「この九月までに、インボイスの適格事業者だという証明の番号を税務署で取ってきて欲しいんですよ」

「は？」

突然、むずかしい暗号のようなことを言われて、本当にびっくりしてしまった。

「や、俺もよくわからないんだけど、そういうのが必要だって、税理士に言われてさ」

「税理士……ええ？　私にはなんのことだか」

「これまでは毎日、千五百円を払って、なんとなくやりとりしていたじゃん。それを適当に、ミント代として毎月四万五千円、経費として確定申告してたんだけど、これからはそれにも消費税のやりとりをしていることを証明しなければならないの。響子さんが課税事業者じゃない場合、俺が響子さんの分の消費税を二重払いして、税務署に申告しなければならないらしい」

「はあ……？」

「とにかく、そういうことで。よろしくね」

錠があっさりいなくなってしまったあと、響子はよろよろと家の中に入った。

税務署、税理士、課税事業者、インボイス、確定申告……何もかもがよくわからないことだらけだ。

そして、はっとした。

ということは、響子にミント代として、毎月四万ないし、四万五千円の収入があるということが、税務署……つまりお国にばれてしまう、ということじゃないだろうか。

響子は電卓を引き出しから出して、ぱちぱちと計算した。年金四万にプラス四万五千円……だいたい八万五千円として、それが十二ヵ月……はっと顔を上げる。

これでは非課税世帯でなくなってしまうかもしれない。これまで、錠から毎日千五百円、子供のお小遣いのようにもらっていた。それを収入として自分が税金を払わなければならなくなる、とは考えもしなかった。税務署にばれ、役所にばれてしまえば、健康保険料の減免もなくなってしまうかもしれない。

それじゃあ、生活していけない……響子は頭をかかえた。


インボイス、インボイスと顔を見れば要求してくる錠を適当にあしらいながら、春が過ぎた。どうしたらいいのか、まったくわからない。

最近は以前のように楽しく、庭を見ていられない……。そんなある日、ポストに一枚のメモが入っているのに気がついた。

乙部響子様
すみません。スポンサードしてくれる人が現れて、六本木に店を移転することになりました。僕もそれに合わせて家を引っ越します。これまでありがとうございました。ミントは適当に自分で売るなり使うなりしてください。
錠

あっさりと、それだけ書かれていた。

身体中から、さっと血の気が引くような気がした。

本当だろうか。

錠はいつまでもインボイスの手続きをしない自分に嫌気がさしたのかも。いや、錠はそういうところは正直な人だ。本当にもう、必要なくなったのだろう……。

メモを見てため息をついた。

これからどうやって生きていけばいいのだろうか……。


響子は初夏の朝、早起きして着替えをした。

白いブラウスにズボンを穿《は》く。上に薄手のジャケットを羽織《はお》った。

もう一度、シルバー人材センターの門を叩くつもりだった。

家を出る時、大きく深呼吸した。するとミントの香りが肺に入ってきた。思わず庭を見つめる。

これは、ただいっときの夢だった。

お金というのは夢ではない。正当に真っ当に稼《かせ》がなければ。

元夫や娘の夫、そして、錠のようないい加減な男たちに頼らずに自分は生きていくのだ。

響子はまっすぐに歩き出した。

第二話　月収八万の女

大島成美（31）の場合

大島成美《おおしまなるみ》が、鳴海《なるみ》しま緒《お》という男とも女ともつかないペンネームで、純文学系の文学新人賞を取ったのは今から三年前、二十八歳の時だった。

その作品『舞い降りた雪はあなたの手の上でも溶けるのか』の内容は題名とはあまり関係がない、職場における男女の性差《せいさ》について書いたもので、いくつかの新聞の文芸欄《らん》に載《の》せてもらったこと、ネットのインフルエンサーが取り上げてくれたことで単行本がまあまあ売れ、大島はその翌年に新人賞賞金も合わせて七百万円ほどの現金を手にすることができた。前年も前々年も、派遣《はけん》社員としての年収が二百万円台だったため、平均課税制度が適用されて税金も若干安かった。住んでいるアパートの部屋の家賃の一部を必要経費としたりして、六百万近い現金が手元に残った。

一冊目の本が売れたことで、出版社や編集部の期待は大きく、一日も早く「次作を」と言われた。それが貯金額よりも嬉しかった。

ありがたいことに、これまで書きためてきた原稿用紙百枚ほどの小説が、多少の手直しで、四ヵ月後、文芸誌に掲載された。ただ、これもまた世間に歓迎《かんげい》されるだろう、と思っていた大島の期待は完全に裏切られた。

文芸誌なんて、関係者以外の誰も読んでいない。

ネットでは物好きが数人反応してくれただけで（「おもしろかった」「やっぱり、鳴海さんの作品は自分に合ってるな」「期待しすぎて損した」など）、新聞記事にもならなかったし、インタビューの申し込みもなかった。

原稿料は大島の少ない手取り収入の二ヵ月分にもならなかったし、百枚ほどの小説は、単行本としても文庫本としても出版されなかった。編集者からは「せめて、このくらいのものがあと一つか、二つはないと一冊になりません」「本にするには三百枚以上の小説を書いていただきたい」と言われた。そして、この作品はなんの賞の候補にもならなかった。

小説を書くことは時間がかかる。受賞第一作を四ヵ月で発表することができたのは奇跡のようなもので、その次の小説は八ヵ月後、その次はさらに半年後、というふうに、一年に一回ないしは二回しか新作を書くことはできず、それから三年、大島は文学賞の候補となることもなく、また、作品は書籍化もされなかった。ただ、二年目にデビュー作が文庫化されたので、他の原稿料も含め貯金は八百万に増えた。

それでもその頃には、自分は職業作家にむいていないのではないか、と大島は考えるにいたった。とにかく、この程度の実績では雑誌に掲載はされても、書籍にはならないし、連載の話などは夢のまた夢である。

大島が東京の中堅《ちゅうけん》私立大学の経済学部を卒業した時は景気がそう悪くなく、正社員の募集がたくさんあった。だからこそあまり真剣に考えず派遣で働き始めてしまった。それにはもちろん、いつかは小説家になりたい、という気持ちがあり、ある程度自分の自由になる時間が作れる仕事がいいと思ってしまったという理由もあった。一応、貯金はあるが、一生食べていけるような額でもない。これから自分はどう生きるか、ということを考えなければならないと思っていた。

「それはあなたがこの先どういう小説家になりたいかで決まってくると思う」

女性の起業家を集めたパーティで知り合った実業家の鈴木菊子《すずききくこ》に尋ねると、返ってきた答えはそれだった。

もっと軽い答えを予想していたからちょっと驚いた。

このパーティには同年代の小説家、大木楓《おおきかえで》に誘われて出席した。彼女も大島と同じ賞を十年ほど前に受賞したあと、鳴かず飛ばずの時代を経て、自己啓発本《じこけいはつぼん》を小説にしたようなものを書き、手堅いヒットを何作か飛ばしている。正直、小説家としては憧《あこが》れも尊敬もまったく抱かない相手ではあったが、少なくとも、小説家として「食べることができている」人だった。

「女性起業家って……私たちとはぜんぜん違うじゃないですか」

大島が驚いて大木に言うと「そんなことないよ、だって、しまたんだって、税務署に開業届出したでしょ」と答えた。

大木はなぜか、大島をしまたん、と他の人は誰も呼ばないあだ名で呼ぶ。

「え、まあ」

「じゃあ、起業ってことじゃん」

「でも、個人で法人じゃないし」

「そんなこと、誰も気にしないよ。前に、南麻布の居酒屋で知り合った人に、小説家とかめずらしいから何人か連れてきて、って言われてるの。ホテルのパーティで料理も結構おいしいから、ただ酒、ただ飯が食べられると思ってちょっと顔出してよ。それに変わった人が多いから小説のネタにもなるし」

ただ飯より小説のネタの方が気になって出席したパーティだけど、大木は会場に入るとすぐにいなくなってしまい、大島は手持ち無沙汰《ぶさた》で壁の花になってたたずんでいた。パーティは女性議員の挨拶（女性の活躍に期待している、という型通りのもの）やパーティの主催者の挨拶がながながと続いていた。

数百人は出席しているパーティで、声をかけてくれたのが鈴木だった。

参加者は全員、胸にネームプレートをつけていたのだが、大島の「小説家　鳴海しま緒」に目を留めたのは彼女だけだ。

「あなた、鳴海さん？　小説家の？」

四十代半ばから五十代、と見える女性だった。

「あ、はい……」

「え、嬉しい。高仲《たかなか》さんからは今夜、小説家の人たちも来るって聞いていたんだけど、鳴海さんみたいな方が来るなんて……」

高仲というのは、ちょうど舞台に立って話している主催者だった。

「……私のこと、知ってるんですか？」

驚いて、思わず聞いた。彼女の胸には「（株）グリーンゲーブルズ　鈴木菊子」と書かれていた。

「もちろん。『舞い降りた雪はあなたの手の上でも溶けるのか』読みました。とてもすばらしかった」

受賞作にして、ただ一作の単行本をすらすらと挙げてもらってさらに驚いた。

「小説、お好きなんですか」

「ええ、でも、普通に話題作を読んでるだけ。鳴海さんの本も次が出たらすぐにでも読みたいと思ってるんだけど……ごめんなさい、次の本に気がつかなくて」

大島は強く首を振った。

「大丈夫です。次は出てませんから」

「よかった。じゃない、ごめんなさい。よくないわね。いや、よくないと言ったらいけないのかな」

彼女は困ったような顔をした。紺《こん》のシンプルなドレスだったが、さまざまな色が虹《にじ》のように混ざった、高級そうなストールを全身に巻き付けるようにしている。さらに牛の目玉のような大きな石を耳たぶにぶら下げていた。

「いいんです。真実ですから。原稿は書いていて雑誌に出しているんですが、本にはなってないんです」

「そうなの……」

そこで話が途切れそうだったので、大島は思い切って聞いてみた。

「鈴木さんは、どのようなお仕事を？」

「あ、失礼しました。こういうものです」

彼女は小さなクラッチバッグから名刺を出して、渡してくれた。

「ストールを中心とした、服飾《ふくしょく》小物を扱っている会社をやっています」

「そうなんですか……だから、素敵なストールをしているんですね」

彼女はちょっと微笑んだ。

「ありがとうございます」

首からストールを外すとくるくると丸めるようにした。全身を覆えるくらいの大きさだったのに、それは手のひらに収まるくらい、小さくなった。

「わ」

「ね、すごいでしょう？　これは――の山岳《さんがく》地帯のヤギ科の動物の毛を使ったストールなの」

――の部分はよく聞こえなかったし、聞いたことのない国名だった。

「そういうのを売ってるんですか？」

「いいえ。これはもうどこでも手に入らない。もともと、稀少《きしょう》動物だった上、最近は輸出入がとても厳しくなったから。まあ、デモンストレーション用につけてるの」

「じゃあ、高いんですか？」

彼女は肩をすくめて、「たぶん」と言った。

「ねえ、それより、あなたのことを教えて。今、どんなものを書いていらっしゃるの？　新作が楽しみ」

「……次の本がいつ出るか、わかりません」

「あんなにすばらしいものを書いているのに？」

気がついたら、大島は鈴木相手に愚痴っていた。彼女が聞き上手な上に、あまりにも違う業界の人間だということが気を楽にしてくれているようだった。酔いも少し関係してたのかもしれない。

純文学小説家の実情を説明したあと、つい、言っていた。

「これから、どうしたらいいのか」

するとすると鈴木はすらっと答えた。

「それはあなたがこの先どういう小説家になりたいかで決まってくると思う」

驚きつつ、大島は鈴木のネームプレートをもう一度、見た。グリーンゲーブルズ、というのはきっと『赤毛のアン』から取ったのだろう。読書好きの人らしい、とも言えるし、その程度とも言える。そんな人のアドバイスなんてなんになるだろう。

でも、この人は一応、主催者と知り合いなくらいの実業家だし、逆にそういう立場だからこその言葉があるかもしれない。

まあ、話を聞くだけならただだし、とその日、三つ目のただをいただくことにした。

「これからさらに賞を取って、純文学作家として名を上げていくのか……」

彼女の言葉に、大島は大きく激しく首を振った。

「それはとても無理だと思います」

「そんなことはないと思うよ。受賞作、すばらしかった。大丈夫」

彼女は微笑んだ。

「じゃあ、売れっ子作家になりたいのか……」

「それも無理です」

鈴木は肩をすくめた。そこは否定《ひてい》しないのか。きっと心の中で「同感」と思っているのだろう。

「とにかく、どういう作家になりたいのかで今後の戦略……というか、行動ね、それが変わってくる」

「戦略、ですか？　そんなこと、できます？　自分の思いをなんとか小説の形にするだけで毎回、あっぷあっぷです。さらにそれから何度も編集者さんの求めるままに直して直して……やっと雑誌に掲載される時にはもう、自分が最初、何を書きたかったのか、わからなくなってる」

鈴木は大島の顔を見た。

「どんな作家になりたいのか。確かに、戦略を立てたところで思い通りにはいかないかもしれない。だけど、やみくもに努力するよりは少しはましになるんじゃない」

「やみくもに努力」

思わずつぶやいた。すでに中年と呼ばれる女性が、小学生のように素直にまっすぐに「努力」と言うことに驚いたからだ。けれど、目の前の鈴木は至極当然、という顔でうなずく。

「そう。フリーランスで、自分の好きな仕事をする以上、他の人より努力するのは当たり前のことでしょ。それは大前提として、自分がなりたい方向じゃない方にいくら努力し続けてもしかたがない」

大島はうーんと考えた。大きな賞を取るような才能がある作家でもない、かといって、売れる作家でもない。でも、だったら、どうやって小説家として生きていったらいいのか。それを言葉にするのはむずかしい。

「私たちのような人間はね、とにかく、計画を立てるのよね。三年後には年商何億規模の法人にする、そのためには何が必要か、とか」

それから、鈴木は「私の会社の話なんてつまらないでしょうけど」と前置きして、自分の起業の話をした。

「私、ちょっと指先が器用なのよね。結婚してすぐの時、夫がいろいろあって転職して、お金がまったくない時があってね。でも、今みたいにファストファッションの店とかなくて。あっても買えなかったと思うけど。それで、ユザワヤとか、生地を売ってる店に行って、いろんな生地を買って、端を縫《ぬ》ってスカーフやストールを作って巻いてしのいだの。毎日、同じ服を着ているのをごまかすために」

「それで、ストール屋さんに？」

「そう。まあ、そこまで来るにはもっといろいろあったんだけど。実際、最初はストールとか作る下請《したう》けの仕事をしたり、小売りの店とか問屋に置かせてもらったりしてたんだけど、めちゃくちゃ買い叩かれるの。手間賃なんて本当、時給にしたら数百円にもならないくらい。主婦だからバカにされてたのかもね。でも、自分の商品を一度、ネットオークションに出したら、一枚五千円とかで売れて……柄《がら》がいい時は、一万円になったりしたのよ。本当に嬉しかった。そういうところで売るようになって、だんだん、仕事が大きくなった」

「へえ。すごいですねえ」

「私が言えることは目標を立てて、そのためには何ができるのか考えること。あと、信念を貫くことかな」

「え、鈴木さんの信念ってなんですか」

「自分が下請けをしていた時に、買い叩かれたり、些細《ささい》なことでいちゃもんつけられて全部やり直しさせられたりして悔しい思いをしたから、自分は絶対、あんなことはしないようにしよう、って決めてる。今はもう、自分で縫ったりはしないけど、頼んでいる業者さんやパートさんにはある程度、ちゃんとお金を出してるつもり」

信念か……。

「鳴海さんの信念は？」

「……小説家でいたいです。ずっと」

「なるほど。じゃあ、そのためにはなんでもする？」

「しますけど……」

「なんでも書く？」

鈴木は首を傾げた。

「鳴海さんは違うでしょ。今の小説のスタイルを変えたいとは思ってないでしょ」

「まあ、そうですねえ」

多少売れるからと言って、大木のような本を書きたいわけではない。

「じゃあ、やっぱり、何か考えないとねえ。仕事はどうなの？　うまくいってるの？」

というのは、きっと、小説の方ではなくて会社員の仕事の方だろう。

「今、派遣なんです。職場環境はまあまあですけど、会社員をしていると、やっぱり、執筆に割《さ》ける時間は制限されますよね」

「帰宅してからとか、土日とか？」

「ええ、まあ」

「自分で執筆時間や環境を整備する必要があるよね。職場はどこなの？」

「西新宿《にししんじゅく》です」

「なら、通勤のために職場の近くに住まなきゃならないし、家賃もそこそこかかるんじゃない？」

「はい」

「執筆だけに専念できるようになれば、もう少し家賃の安いところに住んで、その分、節約できるんじゃない？」

「あー、なるほど」

「会社員の仕事以外で、何か収入、できれば定期的な収入を得られるようなことを考えてみたら？　人間は収入を得なければ生きていけない。逆に言えばなんらかの定期収入さえ得られたら、生きていける」

「鈴木さんはどうしたんですか？　そのあたり」

「まあ、私は結婚してるからね」

その一言で、大島の笑顔が引っ込んだ。


大島はたぶん、自分は、一生、一人で生きていくのではないか、と思っていた。普通の友達を作ることはできるが、誰かと深いつながりを作ったりすることが少し苦手だった。

学生時代に何度か、相手から告白されて嫌いではない男性と付き合ったことがあるが、こちらから積極的に連絡を取ったりしないので、大抵の場合、男性の側から「さびしい」「何を考えているのかわからない」などと言われて別れることになった。ましてや、両親以外の人間と同居することなど考えられなかった。小説家として誰かにやしなってもらう、食べさせてもらうという選択肢はほぼない。

両親は愛知《あいち》県に住んでいる、いたって普通の家庭だ。父は自動車メーカーの子会社のエンジニアをしており、あと数年で六十になる。しばらくは嘱託《しょくたく》で同じ会社に勤めることがほぼ決まっているらしい。三歳年下の母は専業主婦で、二人は大学時代、東京で知り合い、父が二十代後半の頃に結婚して、転勤で愛知県に移住した。父の故郷が中部地方だったということも影響していたようだ。

結婚したのが今の大島とそう変わらない年齢であったからか、昨今の時節柄か、両親から「結婚しろ」とは言われていない。また、これには二人が若い頃、東京に住んでいた、ということも強く影響しているような気がしていた。

現在は地元のなまりが入った言葉を話す二人がこの東京に住んでいた、ということは今ひとつリアルに想像できなかったが、昔は六本木などに出かけてぶいぶい言わせていたらしい。クリスマスイブには都心のホテルやフレンチレストランの予約を取ることに夢中になったという話も聞いたことがある。彼らは大島のものごころがつく頃から愛知の人だけど、同級生の親や近所の人とは少し違っていた。そして、本人たちも「自分たちはこのあたりの人とはちょっと違う」と考え、行動しているのを感じていた。ある種の「個人主義」を重んじている人間というか、もっとはっきり言ったら、田舎《いなか》の人間とは違う、と気取っているというか。とにかく、そういう親の思い込みや自意識のおかげで、大島は自由に生きることができている。とはいえ、本当のところ、彼らがどこまで子供の自由を許しているのか、ということはよくわからない。

ただ、父も母も大島が小説家としてデビューしたことをことのほか喜んでいた。それはきっと、元東京人としての二人の子育ての勝利であるのだろう。

「まあ、結婚はその人の自由だからね……」

鈴木がつぶやいて、大島ははっとした。

「結婚の予定はありません」

「じゃあ、小説家と会社員としての仕事以外に、何か収入を得られるものを探したらどうかな。できたら定期的にお金がもらえるようなこと」

考えてもいなかった視点だった。

「そんなもの、ありますか？」

「鳴海さん、最初の本、かなり売れましたよね。あのギャラ、もう使っちゃった？」

「いえ、ほぼ、一円も使わずに……いや、ノートパソコンだけ新調して、あとは残してあります」

「じゃあ、それをうまく使って何かできないかな」

鈴木は投資信託や高配当株について少し話し、「まあ、どんな投資もリスクゼロではないけど、いろいろ調べてみたら？」と最後に付け加えた。しかし、どちらも大島が持っている金ではとても足りなかったり、利益が出るまでに数十年近い時間がかかりそうだった。今後、少なくとも十年以上、今の派遣社員を続けなくてはならないことは明白で、大島は酔いも手伝って、最後の方は鈴木の話をよく聞いてはいなかった。

なんとなく参加したパーティでここまで仕事の話をするとは思わなかったけど、「どんな作家になりたいの？」という鈴木の言葉は少しだけ心に残った。

転機は意外と早く訪れた。

ある夜、食事をしながらＮＨＫのスペシャル番組を観ていたら、生活保護の問題を取り上げていた。最近では、高齢者だけでなく若い女性の受給も増えているという内容で、そういう人が住む物件を多く扱っている不動産業者が番組に登場していた。

次の小説の内容に使えないだろうか、とすぐに思った。若い女性の生活保護受給者本人の話は聞けないまでも、担当者の話だけでも聞きたい。NHKらしく、具体的な会社名は出てこなかったが、不動産会社の看板が一瞬映っていたので、その名前と担当者の氏名をメモした。

店名を検索《けんさく》して電話をかけ、彼の名前を出して「お話を聞けないだろうか」と頼むと、「客が少ない平日の午前中、一時間くらいならかまわない」というありがたい返事だった。

有休を使って会社を休み、店に向かった。店舗は池袋駅から電車で数十分の駅前、埼玉県F市の商店街の中にあった。外のガラス戸に不動産情報がびっしり貼ってある、昔ながらの不動産屋だ。中に入って入口に一番近い机の前に座っている若い女性に声をかけると、彼女は小さくうなずいて「池田《いけだ》さーん」と奥に向かって叫んだ。

当たり前だけど、テレビに映っていたのと同じ中年男が背広の上を脱いだ姿で出てきた。中肉中背の特に特徴のない風貌だが、不動産業者にはこのタイプがいいのかもしれない。

「はあ。電話ではよくわからなかったんですが……小説家さんですか」

彼は大島が出した、「鳴海しま緒」の名前と連絡先のみが簡潔に書いてある名刺をじっと見て言った。池田の名刺にはこの店の名前と、宅地建物取引士と書いてあった。特に役職のようなものはないらしい。

「はい。一応。卵《たまご》のようなものですが」

「すみません。私、本はまったく読まないんで……存じ上げなくて」

「あ、もちろん、大丈夫です」

大島は自分でも何が大丈夫かわからないまま、手を振った。

「誰も私のことなんて知りませんから！」

池田はそのことについては本当にまったく興味がないらしく、すぐに本題に入った。

「ええと、お電話では生活保護のことを知りたいと」

大島は意外にもありがたくも思った。最近はなんでもすぐに検索する人が多いから、会う前にすでに検索をかけ、鳴海しま緒が受賞した賞や出版した本について尋ねる人も少なくない。本は読んでいなくても、「作家はどのくらい儲《もう》かるんですか？」くらいは訊《き》かれたりする。そのくらいの興味を示すのはある種の礼儀《れいぎ》だと思っているのかもしれない。

いずれにしろ、そのさっぱりした態度は好感がもてた。

「そうです。番組の中では若い女性の受給者もいる、というようなお話でしたけど」

「はい。ついこの間、ご案内した人はそうでしたね」

「ご案内？　と言いますと、不動産の案内ということですか？」

「つまりね、まあ、生活保護を受けたいって人が役所を訪ねて、受給要件に合いそうだってことになり、でも、今の部屋は家賃補助額を超えていると指摘されるみたいなんです。このあたりでは四万三千円以内だと係の人が言うとか。あの不動産屋に行って家を決めてきなさいって、うちの店を紹介してくれる。あ、もちろん、その係の人のことは名前も知らないし、会ったこともないですよ。癒着《ゆちゃく》とかないです。ただ、もう、うちは長いことやってるし、どういう部屋なら受給できるかとか、その後の手続き関係とか全部わかっていて慣れてるんです。不動産屋でも面倒くさがって、希望に沿うような部屋はないって断るところもあるから、うちに来てもらった方が、話が早いでしょ」

「なるほど」

「大家さんたちもね、うちが管理するならかまわないって人が多いし」

「管理はこちらの会社がするんですか」

「はい。管理も一手に引き受けて、大家さんに迷惑はかけないって知られてるから。その分の管理費はもちろんいただきますが」

「先ほどから話に出てくる、そういう部屋っていうのは、どういう部屋なんですか」

すると、池田は腰も軽く立ち上がって、数枚のプリントを持ってきた。

そこには二階建て、木造の一軒家、築五十年以上、家賃四万三千円、五十平米前後の物件がずらりと並んでいた。住所はまちまちだったが、図面で見る限りでは物件はどれもよく似ていた。

「あ、一軒家なんですか……」

「はい」

「意外でした。安い部屋と言ったら、アパートのイメージがあったので」

「東京だったらアパートなんでしょうね。でも、このあたりだと生活保護でもこのくらいの家が借りられますし、一軒家を選ぶ人が多いです」

「生活保護を受けるのはどういう人が多いんですか？　池田さんの実感でいいんですけど」

「テレビでは若い女性もいる、とは言いましたが、実際は数年に一人いるかいないか。ほとんどはお年寄りです。ご家族というか、夫婦二人の人もいます」

「お年寄りですか……あの、できたら、その若い女性とかにお話を伺えないでしょうか」

その日、一番、頼みたいことを言った。

「うーん」

池田は首をひねった。

「むずかしいですか」

「そうですね。まあ、ご本人がどう言うかはわかりませんが、うちからそういうのを頼む、ということはちょっと」

彼は微笑んでいたが、言葉ははっきりとして、これ以上食い下がることはできそうもない。拒否されてしまうと、聞くことがなくなった。すると池田の方が言った。

「……よかったら、部屋を見てみますか？」

「はあ……」

その展開は考えていなかったが、このまま何もせずに帰るよりはいいのではないか、と思った。実際、部屋を見たら新たなアイデアが思い浮かぶかもしれない。

「じゃあ、お願いします」

池田が運転する軽自動車に乗って、いくつかの物件を回った。

皆、判で押したように古く、駅から遠かった。しかし、小さいけれど庭があったり、門があったりする家も多い。また、どこも外装は古かったが、内装はきれいで、トイレには温水便座が付き、風呂も真新しいユニットバスだった。近所に同じような家が並んでいる場所もあった。

「文化住宅って言うんですか。こういうの、昭和四十年代にたくさん建てられたんですよ」

「へえ。そうなんですか」

「それが軒並み築五十年以上になってるんです」

一緒に車に乗り、並んで座っていると池田も自然口がほぐれるのか、店の中では話さなかったことも教えてくれた。

「若い女性はねえ」

「はい？」

「さっき話した人はね、うつ病で働けなくなった、と言ってました。だから、お客さんのような……作家さんとか話すのはまだどうかと思うんですよ。すみません」

「そうですよね、こちらこそ、すみません」

最後に案内されたところは小さい庭と壁にはめてあるタイルが印象的な家だった。古いのは同じだけど、茶色と白のタイルが市松《いちまつ》模様に見えるのがしゃれている。駅から少し歩く。でもこんな家なら住んでもいいな……そんな気持ちが自然に質問を促《うなが》した。

「この家……家賃はおいくらですか？」

「家賃はまだ決まってません」

「え？」

「実はまだ、買い手がついてないんです。うちが買い取ってリフォームして、ちょうど売り出してる家で……でも、誰かが買えば、たぶん、四、五万で貸し出されると思います」

「売りに出されてる……？　いくらで？」

「ええと」

池田は手元の資料を見た。

「四百三十万ですね」

四百三十万！

その数字は大島の身体を撃《う》ち抜《ぬ》いた。

四百三十万で家が買えるのか……しかも貸家が。

自分でも買える家がある、ということは大きな衝撃だった。

大島の頭の中で、四百三十という数字がきらきらとまたたいていることも知らず、池田は言葉を続けていた。

「……例えば、四万三千円で借り手がつけば、年間で五十万ほどの家賃収入になります。それを売値で割ると、だいたい０・12。つまり、利回り十二パーセントの家、ということになります」

ぼんやりしている大島に、池田はこともなげに言った。

「鳴海さんも、どうです？　こういう家、三軒もあれば、今の仕事、やめられますよ」

軽い言い方だった。大島が買うことになるとは考えてもいないような。

セールストークでないのが逆に刺さった。家を売ることは、彼にとっては日常《にちじょう》茶飯事《さはんじ》でよくあることなのだろう。

帰りの車の中で、大島は今見てきた物件のことを考えていて上の空だったが、池田は雑談を続けていた。

「鳴海さんは自営業なんでしょう？」

「いえ、一応、会社員をしています。小説家だけでは食べていけないので」

「ああ、そうなんですか。いや、私も鳴海さんみたいに才能があったら、個人事業主になりたいなあ、って思いますよ」

「そうですか？　何か、やりたいことでもあるんですか？」

「いや、そうじゃないんですけど、自営業なら収入をある程度、自分でコントロールできるじゃないですか」

この人は何を言っているんだろう？　と大島は思った。それができたら誰も苦労はしない。

「まあ、好きなだけ稼げたらいいですけどね。小説家なんてお金持ちなのは一握りの人だけ。ほとんどはお金なんてたいして入ってこないんですよ」

せっかく、取材させてくれた人なのだから強く否定はしないが、苦笑することでやんわりとそれを伝えたつもりだった。車の中なので伝わったかどうかは定かではなかったが。

「いや、違います。私が言うのはたくさん稼ぐとか、収入を多くする方じゃなくて、少なくする方」

「え？」

「収入を少なくすれば、税金も少なくなるでしょ」

何を言っているんだろう、この人は。

はっとした。もしかして、これは怪しい投資話でも持ちかけようとしているのではないだろうか。

確か、マンションのワンルームを「税金対策ですよ」と言葉巧みに買わせたり、価値のないアパートを銀行で多額のローンを組んで買わせたりする詐欺《さぎ》まがいの投資術があったはずだ。あれも、ＮＨＫのスペシャル番組でやっていたような……。

「こういう仕事をしていると、自然と税金のことにも詳しくなるんですよ」

軽自動車の中で、大島は身体を硬くした。自分なんかを騙《だま》してもしかたがないだろうと考えつつ、私は絶対に、騙されないからね、と身構えた。

「私が個人事業主で独り者《ひともの》だったら、断然、年収百万円以下の非課税世帯を目指しますね。

つまり、月収八、三万くらい。所得税も住民税もただ、国民年金も免除か猶予、国民健康保険料は住んでいる場所によって違うけど、最安になるはずだから五千円以下でしょう。年収百万て、もしかしたら年収一千万よりいいですよ。でも、サラリーマンではなかなかできませんからね。最近は、税金も社会保険料も高くなっているでしょ。それに対抗できる唯一の手段が年収百万、月収八万円なんです」

ああ、ワンルームマンション投資を勧めるわけじゃないんだ……大島はほっとして、彼の話に適当な相づちを打ちつつ、さっき見てきたばかりの物件に再度思いを馳《は》せる。

あれ、かわいかったなあ、玄関脇のタイルが他の家とはぜんぜん違っていた……。

池田の店の近くまで来た時、大島はおそるおそる聞いてみた。

「……あの、さっきの家ですけど、四百万になりませんか？　三十万引いて」

彼の返事は早かった。

「できると思いますよ。あとですね、あそこ、うちが直接売り出しているって言ったでしょ？　だから、仲介《ちゅうかい》手数料がいらないんです」

「仲介手数料？」

そんな言葉さえ、知らなかった。

「不動産屋じゃなくて、誰かが持っている家を売る時は、うちが間に入るから手数料をいただくんですよ。あの家だと……売値の四％にプラス二万円。四百万だったらざっと十八万になります。それがないからその分安く買えますよ」

「じゃあ、四百万、ぴったりで？」

「そうです。買う気ありますか？」

さすがにその場では決められなかった。

「少し考えさせてください……」

そう言うのが精一杯だった。

契約の日に四百万円の束を池田に渡した時、手が震えたのは確かだ。しかし、そんな感傷《かんしょう》は手続きが始まると飛んでいってしまった。

家を買うまでものすごく迷ったし、怖かった。だけど、ほんの少しの好奇心と、もしかしたら不動産投資が自分を助けてくれる手段になるかもしれない、という期待が恐怖心を上回った。そして、大失敗したら小説のネタにしよう、と考えたことも大島の背中を押した。

家を一軒買うのには、とんでもなく大量の書類が必要で、いくつもの判を押さなくてはならなかった。池田はそのすべてを音読し、説明した。最初の判を押す時だけはちょっと躊躇《ちゅうちょ》した。もう、後戻りできない気がして。ただ、その後の書類はあまりにも多くて、最後の方は頭がぼんやりしてしまった。

そんな中でもわかったこと、それは不動産関係の書類……重要事項説明書、略して重説が何度も何度も手を替え品を替え言っているのは「自己責任」ということなのだ。あんたは相当古い家を買うのだから、買ったら文句は言いっこなしよ、責任は取れないよ、とくり返しその書類は叫んでいる気がした。

池田と話し合って家賃は四万三千円、管理費を三千円として募集をかけた。店子《たなこ》が決まったら、そこから二千円を池田の不動産屋に払う契約もかわす。店子が決まれば、大島の手元には月々四万四千円が入るはずだった。

家を持ったことは、大島が考えてもみなかった効果があった。

まず、安心感が生まれた。

それが貸家であっても、何かあったらあそこに住めばいいのだ、仕事がなくなったり歳を取って身体が弱ったりしても、私にはあの家があるということがこれほどまでに心強いとは思わなかった。もちろん、愛知県に実家はある。だけど、あれは親が売って老後の資金の足しにするだろうと思っていた。

借り手がつかないかもという、大島の心配は杞憂《きゆう》に終わり、その月の終わりにはあっさりと入居者が決まった。

「よかったです。ちょうどあのあたりで探している人がいて」

電話の池田の声はめずらしく弾んでいた。いつも冷静な彼も、やはり契約成立は嬉しいらしい。

「どういう方ですか？」

「ええとね……三十代の女性一人の方なんですが、近所にご高齢のお母さんがいて、近くに住みたいそうなんです。ご本人はパート勤務をされているんですが、保証人が知人の男性で正社員です」

こんな時でも、パートや非正規雇用《こよう》だと敬遠《けいえん》されるのかな、と自らも非正規の大島は少し心が痛んだ。

「その知人男性とはお付き合いされていて、近く結婚する予定だそうです」

大家というのはこんなふうに店子の個人情報を聞かされてしまうものなんだなあと、自分も大家になったのにちょっと気になった。それは聞いていいものなのだろうか。

「だから現在は婚約関係ということですね。男性の側の会社の情報ももらってますから、一緒にお送りします……」

生まれて初めて買った不動産に、やっと入居者が決まったというのにどこか身が入らなかった。あのかわいい家に他の人が住むのだ、とちょっとがっかりさえしていた。

それでも次の月から一ヵ月ごとに四万四千円のお金が振り込まれるようになると、また気持ちは変わった。

永遠ではないだろうが、安定して四万あまりのお金が何もしなくても口座に振り込まれる……という事実は、家を買った時以上のさらなる安心感をもたらした。

振り込まれる家賃にはいっさい手をつけなかったので、預金口座に自然に貯まっていく。増えていく金額を見ながら、大島は考えた。

もっと、不動産が欲しい。池田が言うように、三軒の家があれば仕事をやめられるかもしれない。

頭は不動産のことでいっぱいになった。

引き続き、派遣社員として働きつつ貯蓄に励《はげ》んだ。いや、むしろ、目標が不動産となると、それ以外にお金を使いたいと思わなくなったという方が近い。ちょっとしたカフェの飲み物やコンビニの弁当、それがたとえ数百円の出費だとしても、投資に関係のない出費は身を切られる思いがした。

ＳＮＳ、特に配信動画で節約の方法を学んだ。ふるさと納税で米を手に入れ、おにぎりにして会社に持って行った。ニトリで買った水筒にお茶を入れて持ち歩いた。グリセリンで化粧水を作り、クリームはワセリンで代用した。意外にも、肌にはほとんど変化がなかった。むしろ、調子がよくなったほどだ。夜は、五キロ千円のパスタを買ってきて、野菜と一緒に茹《ゆ》でてめんつゆやポン酢、とにかく家にある調味料で和《あ》えた。もちろん、会社から残業を頼まれても絶対に断らなくなった。

しばらく、休日はカフェで小説を書いていたが、コーヒーに使うお金ももったいなくなってきた。

それどころか小説を書く時間さえ、もったいないように感じた。小説は土日をすべて使っても、半年で百枚程度の作品を一作発表できるかできないかだ。そして、そのギャラは良くて三十万くらいしか入ってこない。

近所のスーパーが休日のレジ係を時給千三百円で募集しているのを知った。一日八時間入ることができれば、月に八万ほど稼げて、半年で五十万近くになる。

執筆の時間は減るが、もしかしたら、新しい仕事で新たな小説のアイデアも得られるかもしれない、と自分に言い聞かせた。土日も働き始めたら書く時間をとることもできないのに。

それらと並行して、残りの貯金を使って買えそうな物件を探し始めた。

最初の貸家はなんだか勢いで決めてしまった。同じようなものを買ってもいいけれど、次はもう少し吟味《ぎんみ》したい。

大島は不動産投資に関する本も読み始めた。もともと読書は得意だから、あっという間に有名な書籍は読んでしまった。

すると、さらなる野望が生まれた。

アパートを買いたい。

本にも、築古物件投資は初心者にも始めやすいが、それでは資産を築くまでに時間がかかる。やはり、アパートを買い、足りない分の金は銀行から借りるのが不動産投資の王道だ、と書いてある。

今の自分の職歴で銀行から金を借りられるかどうかはわからなかったが、少しでも頭金を貯めることが必要だ、と大島は思った。

一年ぶりにまた同じような、女性起業家のためのパーティがあった。もしかしたら、また鈴木に会えるだろうか、と思ったら彼女はやっぱりいた。前回とはまた違う、華《はな》やかなピンクのストールをしていた。

「お久しぶり。最近どうしているの？」

実は不動産投資を始めましたと言うと、「えー！」と驚き、最初は楽しそうに話を聞いてくれた。

「そんな方法があるんだ！　知らなかった、おもしろいね」

彼女の相づちはなかなか巧みで、大島も気持ちよく話せた。しかし……。

大島がビールを飲んで、一度、言葉が切れた時、尋ねられた。

「最近、鳴海さん、作品発表してないよね。あの時、話を聞いてから、実は私、単行本だけじゃなく、文芸誌でもあなたの作品、探してたんだよ」

無邪気な鈴木の言葉にうまく返事ができなかった。

今、持っているグラスの中に入っているのは久しぶりの本物のビールだった。発泡酒《はっぽうしゅ》でも第三のビールでもない。それを味わうために、答えが返せなかったのだ、と大島は自分に言い聞かせた。

「……雇用機会均等法前の女性の働き方について書きたいと思っていたんです。当時、結婚することに興味が持てない女性について調べていて」

それは一年以上前から温めていたアイデアだ。逆に言えば、書き上げることができなくて、放り出したまま時間だけが過ぎていっている原稿でもあった。

「え、めちゃくちゃおもしろそう」

鈴木は瞬時に言った。その言葉はお世辞でもなく、嘘《うそ》でもなかった。その証拠に満面の笑みで、言葉を続けた。

「私が若い頃はね、その時代のことがわかる先輩《せんぱい》がまだいたよ。その人たちに話を聞いてあげようか……もしくは直接取材するとか」

「いえ、大丈夫です」

思っていた以上に、返事が強くなってしまった。

「そう……ごめんなさい。よけいなことを」

鈴木は素直に謝った。

「違うんです……最近、仕事が忙しくて、なかなか書く時間がとれなくて……」

「そうなの？　今はどこも忙しいよね。コロナが落ち着いて、急に社会が動き出したもんね」

なんでもすぐに信じるんだな、この人は……こんなんで本当に実業家としてやっていけるんだろうか。旦那さんの後《うし》ろ盾《だて》があるからできてるんじゃないか。

心の中で毒づかないと平静を保てなかった。そして、そんな自分が嫌になった。

「いえ、違うんです。さっきも話した通り、次はアパートを一棟、買いたくて。そしたら、仕事も完全にやめられると思うんですよ」

会社の残業をたくさん入れていること、土日もアルバイトしていることを話した。

「そうなの……」

それもいいんじゃない、アパートが買えたら好きなだけ執筆の時間もとれるもんね、という、相変わらず優しい返答が戻ってくると思っていた。だけど、違った。

「なんだか話が変わってきてない？」

「どういう意味ですか？」

聞き返しながら、本当はよくわかっていた。本末転倒になっていること。

「……鳴海さんは小説を書きたいんじゃないの？　その環境を整えるために、最初の投資をしたんじゃないの？」

「でも……」

「編集者さんとかからも、せかされない？　催促のメールは来ないの？」

「来たり……来なかったり……」

半分本当で、半分嘘だった。

一度だけ、そろそろ、次作の進捗《しんちょく》はいかがですか？　という連絡に、「すみません、ちょっと仕事が忙しくて」と返信したら、催促してくれなくなった。

自分の小説なんて、誰も待ってくれていないんじゃないだろうか……断ったのは自分なのに、そんな気分になった。

しかし、預金通帳の数字は、小説の評価と違って、毎月、確実に上がってくれる。今はその数字の方が気持ちを押し上げてくれた。

「私の小説なんて、誰も読んでませんよ」

自嘲《じちょう》気味に笑うと、鈴木は真顔で言った。

「そんなことないよ。私が待ってる」

「じゃあ、鈴木さんだけですよ」

「私だって、誰かのためにストール作ってるとか、事業やってるとか思ってないよ。私のストールがなくても、誰も困らないもん」

「じゃあ、なんのために？」

「自分のためだよ」

きっぱりした鈴木の言葉に、大島は何も言えなくなってしまった。

「もちろん、とりあえず、収入を安定させてから執筆に取り組む、という方法もあると思うよ。だけどどんな仕事も、今この時じゃないとできないことがあると思うの。三十代の初めの今じゃないと書けないこともあるし、デビューして四年の今じゃないとできないこともある。何より、仕事の筋肉っていうの？　そういうのも衰《おとろ》えちゃうかもしれないよ」

鈴木は一息に言ったあと、小さく笑った。

「私のような素人《しろうと》が言うようなことじゃないよね。偉《えら》そうなこと、言っちゃった。ただ、私は鳴海さんの小説好きだから、もったいないと思って」

「いえ。ありがとうございます」

自分の表情は固いだろうと思いつつ、小さくうなずいた。その日はお互いのSNSをフォローしあって別れた。

「今度は自分の家、ですか」

再び池田のもとを訪れて、また、同じぐらいの値段で売家はないか、と相談した。しかし、貸家としてではない。

残った貯金で家を買い、そこに住むことで家賃をゼロにする。そして、今の仕事をやめて、お金が足りない分はアルバイトを少しだけして、執筆に集中するつもりだった。

それに、前に池田に聞いたように、年収を九十六万以下……平均月収を八万までに下げれば健康保険料も抑えることができる。

「実は、執筆に専念したいんですよね。今の会社をやめて……」

友達にも親にも、そして、鈴木にも宣言できなかったことだった。

「ふーん。そうですか」

彼はあまり関心がなさそうだった。それがわかっていたから言えたのかもしれない。それでも口に出すと、急に現実が身に迫ってきた。

「私が住むので、貸家とは違い、駅から近くだとか、遠くだとかの条件はあまりありませんし」

「え？」

池田は驚いた。

「どうしてですか？　普通は自分の家の方がそのあたりは厳しくなるかと思いますが……」

「私、普段はほとんど外出しないから大丈夫です。駅から遠くてもかまいません。まあ、打ち合わせくらいはありますが、最近はリモートも増えてますし、あっても数ヵ月に一回くらいなので」

もう、家に見栄や立地のよさは必要ない。仕事さえできればいい。

「なるほど……」

「ただ、家にずっといるので、そのぶん、ある程度広さがあって、日当たりと治安のいい場所ならありがたいです……できたら安いところ」

「わかりました」

池田と一緒にまたいくつかの家を回った。一軒家だけでなく、区分と呼ばれるマンションも内見してみた。三百万くらいで買えたら、と思っていた。引っ越し代や諸経費がかかるとしても、百万くらいは現金を残したい。

数ヵ月かけて、池袋から電車で一時間ほど、駅から徒歩十分くらいのところの一軒家を見つけた。築六十年近いけど、日当たりがよく、庭と駐車場まである。二階も入れると広さは五十平米弱。値段はぴったり三百万。

「都心から離れているので、結構、駅から近くてもこの値段なんです。まだ、リフォームはされていませんが、数ヵ月前まで前の持ち主さんが住んでいましたから、このまま使うこともできます。最低限のところだけ工務店に直してもらって、あとはご自分でやったらどうでしょう」

駅前にはドラッグストアやスーパー、ラーメン店がある。医大とその付属病院もあるので、人口は少なくない。

「ここなら、飽きたり、気が変わったりしたら貸すこともできますよ」

「確かに」

ハウスクリーニングを入れて、壁紙だけは自分で張り替えた。そして、会社をやめ、完全に執筆のみの生活になった。

親には仕事をやめて、専業作家になったと報告した。驚いてはいたが、これまで小説家としての収入については話していなかったので、あまり心配もされなかった。「小さな家を買ってそこからの不動産収入もある」と言ったら、「まあ、そんなにたくさんお金をもらってるの」と逆に感心された。真実を話してもしかたないので、詳しいことはそれ以上明かさなかった。

大きな病院があるからか、周囲にはドラッグストアが多く、そのどこも店員を募集していた。とりあえず、今もらっている家賃の月四万四千円で生活してみて、苦しくなったら応募しようと思った。

しかし、実際に生活を始めてみると、無職……いや、一応は小説家なわけだが、とにかくこの生活は驚くほどお金を使わない。

家の二階部分を寝室と書斎《しょさい》にし、朝起きたら下に降りて、パンとコーヒーで朝食をとる。パンは手作りだ。

アパートを買うのはやめ、家を買って執筆に専念することにしましたと、相互フォローしているSNSのダイレクトメールで鈴木に連絡すると、思いのほか喜んでくれ「なんでも欲しいものを言って。引っ越し祝いに贈るから」と言われた。

「いいえ、いいですよ。鈴木さんにはっきり言ってもらったおかげで、執筆に専念することができたんですから」

その時欲しいものは思いつかなかったが、メールで雑談をしていて、「最近、パンが高いんですよね。朝はパンを食べたいんだけど、値上がりして困ります」と言ったら、「それだ」とすぐに返信が来た。

「ホームベーカリーを送ってあげる。うちも使ってるけど、簡単に焼きたてパンができて便利よ」

以前なら、そんなの部屋に置けないからと断っていたと思うが、キッチンにはまだ余裕があり、時間もある。

「……じゃあ、お言葉に甘えて送ってもらおうかな」

「お安いご用。もしも、使わなかったら遠慮《えんりょ》なく売っていいから」

鈴木はすぐに手配してくれた。一緒に、国産の小麦粉まで大量に送ってくれた。小麦粉やパンがどんどん値上がりしているから、とても助かった。

朝食をとると、そのまま二階の書斎で執筆にかかることもあれば、自転車で十分ほどの隣町の図書館に行くこともあった。日がな一日、好きなだけ読書をする。

「仕事をやめたらボケるんじゃないの？」などと冗談交じりに言っていた親や、「そんな田舎で何するの？」と笑った友達に、今の生活がどれだけ充実しているか教えてやりたい。けれど、こういう生活が苦手だという人もいるだろう。さびしくて、退屈でたまらないという人も。

だけど、大島にはものすごく合っていた。執筆に疲れたら一階に降りて、家事をしたり、ご飯を作ったりする。周りに農家があるからか、どこのスーパーでも野菜が安い。大根を一本百円で買ってきて、煮物、漬物、サラダ、大根おろしにし、葉っぱは卵と一緒に炒め、残った尻尾《しっぽ》を刻んで味噌汁に入れる。そういうことも時間が無限にあるから苦にならない。

仕事に行かないから、服も化粧品もいらない。

大島は、ずっと温めていたアイデア、男女雇用機会均等法施行前の女性会社員を主人公にした小説を発表した。初めて書いたある種の「時代物」だった。当時の風俗や流行も調べ、世俗を取り入れた意欲作だと自負していた。

そう大きな反響はなかったけれど、それでもよかった。何よりも自分が一番、努力したとわかっていたから。

鈴木がすぐに、長い感想メールをくれた。よかったら久しぶりにお話ししませんかと誘い、オンラインをつないだ。

「実は、今の生活は収入以上の利点があるんですよ」

鈴木の後ろには書斎らしい部屋が映っていた。本棚がずらりと並んでいる、裕福な暮らしが垣間見えた。

「知ってましたか？　年収九十六万以下なら税金はほぼかからないんです。しかも、健康保険も安くなる」

「でも、今、鳴海さんは家賃収入だけでも年間五十二万？」

「五十二万八千円です」

「五十二万八千円の収入だけど、それに原稿料があるでしょ？」

「はい。一作品、三十万くらいになります」

「だよね。年一回の発表ならいいけど、年に二回発表すると、六十万くらいの収入になっちゃうから、さすがに九十六万を超えるよね？」

「なります。だけど必要経費があるから……」

「確かに。それがあったか」

「本を買ったり、取材のために電車を使ったりしますからね。それらを引くと九十六万におさまります」

鈴木は楽しそうに笑ってくれた。

「よかった。こんなに笑ったの、久しぶりだわ」

「そうですか？」

ふっと、鈴木は今、幸せなんだろうか、と思った。彼女の部屋は薄暗くお洒落《しゃれ》だが、静まりかえっていた。

「でも、覚えておいて」

「なんですか？」

「売れっ子作家になったら、そんな悠長《ゆうちょう》なこと言っていられない。そして、それは自分では選べないんだから」

「選べないって、売れることをですか？」

「そう。事業ってうまくいくことも、いかないこともほとんど選べない。人間というのは誰でも収入に関して、選べることなんてほとんどないのかもしれない。少ないことはもちろん、多いことも。できるのは努力するのをやめることだけ」

「私が売れることなんて絶対ないから、安心してください」

「でも、売れることを信じることはできるよ」

鈴木は大真面目《おおまじめ》な顔で言った。

「ちょっとお願いがあるんだけどね」

母から電話が来たのは、会社をやめて一年以上経った頃だった。

もしかして今さらながら、仕事をやめるなんてどういうことだ、とでも言われるのかと身がまえていたら、まったく別の話だった。

「お父さんの会社の後輩《こうはい》、というか部下の女性が今度東京に転勤になるんだけど、できたら家賃の安い部屋を探したいんだって。あなた、知り合いの不動産屋さん、いるんでしょう？　紹介してくれない？」

正直、内心、そんなの自分で探せよ、と思ってしまったけど、考えてみたら初めて東京で物件探しをする人なら不安もあるだろう。

「なんだか、最近、嫌なニュースもあったじゃない？　不動産業者が内見の時に女の子にいたずらしたとか」

「ああ、あったね」

確かにそんなニュースをネットで見た気がした。

「だから、怖がっているのよ」

「いいけど、不動産屋があるの、埼玉だよ」

「お父さんの会社の所沢《ところざわ》の工場に勤務する予定だから」

「あ、なるほど」

それなら、池田でちょうどいいだろう。しっかりしているし、きっと彼女の予算に合った部屋を見つけてくれるはずだ。

「彼女、歳もほとんどあなたと同じくらいよ。滝沢《たきざわ》……滝沢明海《あけみ》さんというの」

「その人、愛知県出身なの？」

「ううん、違う。東京生まれで東京の大学を出た人よ」

「じゃあ、転勤でこっちに戻ってくるんだね。どうして実家に住まないいんだろう」

「さあ、工場からは遠いからじゃない？」

一瞬、疑問を持ったが、母の言葉を聞いてそれ以上、深くは考えなかった。

「わかった。じゃあ、店の名前と連絡先を送っておく」

店名と名前を母のＬＩＮＥに送り、池田の名刺の写真も送った。そして、彼の方にも簡単に「知り合いがそちらにうかがうかもしれません」と連絡しておいた。


ある朝、ベッドの中でＳＮＳをチェックしていると、「鈴木菊子さんのアカウントが消えている」という投稿を見つけた。

え？　と思って探すと、確かに、彼女のアカウントには「ｋｉｋｕｋｏ　ｓｕｚｕｋｉの検索結果はありません」という表示しか出なかった。

「どうしたんだろう？」「発信、やめちゃったのかな」という投稿が、それから数日間ネットにあふれた。中には「少し前にこんな投稿があったけど……」と、「ちょっと疲れた」という程度の鈴木の発言内容をまるで自殺予告のように書き立てる人まで出てきた。

慌てて鈴木の会社、（株）グリーンゲーブルズのＨＰを見ると、会社を畳んだ、これまでのご愛顧に感謝する、という旨《むね》の言葉が簡単に記されていた。

「鈴木さん、旦那さんの介護で引退したらしい」

数日後、大木楓にショートメールで連絡すると、そんな答えが返ってきた。

――高仲さんに聞いた。

――え？　鈴木さんて、そんな歳？

――旦那さん、ひと回り上なんだって。

――そんな……鈴木さんの収入なら、人に頼むこともできたでしょうに。なんて不可解で残酷なことなのだろうと大島は憤りを隠せなかった。あれほどまでに「努力し、自分のために」働いて会社を大きくしてきた人が会社を解散させることになるなんて。

――女って、女の人生って……理不尽だよね。何か困ったことが起きると、結局、面倒を背負うのは女なんですよ。

――それがね、たぶん、鈴木さんはかなり前から計画してたんじゃないかって。

――計画って、会社の清算を？

――そう。用意周到に計画して、少しずつ事業を小さくして、従業員やパートの人たちも他に紹介して、最後は自分だけでできる規模にして。資産や負債《ふさい》も整理して出資者に分配して。なかなか見事な解散で、起業家の人たちは皆、最後はああありたいね、って話してるくらいなんだって。

――じゃあ、旦那さんが突然倒れて、とかいうことじゃないんですね。

――そう思う。かなり前から……きっと何年も前から考えていたんじゃないかな。

あんなふうに楽しく話をしていた時も、鈴木菊子は自らの引き際を考えていたのか、と思うと複雑な気分になった。

数日後、出版社を通じて手紙が届いた。大島でも時々、出版社宛にファンレターが届くので何も疑わずに開けると、それは鈴木からのものだった。

そこには、夫と一緒に、海に近い、高齢者向けのマンションで暮らしていくという説明が書かれていた。

実は、私は二十代の頃、ひと回り歳上の夫と、不倫《ふりん》の末に結ばれました。人様の家庭を壊したことは絶対に許されるものではありませんが、その時から、責任は取ろうと子供は作らず、夫の最期《さいご》は自分が看取《みと》ると心に決めていました。これからは一人の人間として生きていきます。

鈴木菊子

追伸　これからはあなたが、新人起業家の相談に乗ってあげて。

「え、私が？」

手紙を読みながら、大島は思わず、叫んでしまった。

驚いた。鈴木が自分をそんなふうに考えてくれていたなんて……。

「私なんてぜんぜんダメ……鈴木さんほどのキャリアもないし」

もう自分は次の人にアドバイスするような立場にいるのか……とてもそんなレベルではない。だけど、それならそれに相応《ふさわ》しくなれるように書かなくては、投資をしなければ。もっともっと精進しなければ……今はそれしかないのだから。

大島はパソコンの電源を入れ、キーボードに指を置いて強く叩き始めた。

第三話　月収十万を作る女

滝沢明海（29）の場合

やった……ついに、やってしまった……。

滝沢明海《たきざわあけみ》はネット証券会社のサイトを見つめる。そこには八桁《けた》の数字が並んでいた。

やっと、この日がきた。

私は月十万ずつ使ってもなくならない、お金の永久《えいきゅう》機関を作ったのだ……。

明海はこのためにさまざまなものを犠牲《ぎせい》にしてきた。

とはいえ、それは決してむずかしいことではない。決意をし、時間さえかければ誰にでもできることなのだ。


始まりは十四年前の二〇二三年の年末だった。

その年の初め、明海は母親と大きな喧嘩《けんか》をした。

「あんたはいつになったら結婚するの？」

ここ数年、年末年始になると必ず言われる、母の小言だ。

「今年は三十になるでしょう？」

そういう母もあと数年で六十だ。彼女の結婚も当時としてはそう早くなく、明海を産んだのは二十八の時だった。

「三十過ぎての妊娠出産、育児はつらいわよ、お母さんも二十代の終わりで産んでるからよくわかる。すべてをあなたのために犠牲にしたんだから」

こういうことを言われすぎて、最近はできるだけ実家に帰らないようにしていた。お盆《ぼん》にも母は帰ってこいとうるさいが、多忙を理由に帰っていない。

明海は会社の近くの所沢、母は目白《めじろ》と、一応、首都圏に住んでいるのに、である。

「明海が心配なのよ」

母はそう言って、台所で雑煮《ぞうに》用の鶏肉《とりにく》を切っている明海の顔をのぞき込んだ。

母の顔が自分にくっつきそうになって、自然とそむけた。母はいつも娘との距離が近い。

その母の名前も「明美《あけみ》」だ。同じ名前、ほぼ同じ漢字。

出生届を出した時、役所は少し抵抗した、と聞く。

親子が同じ名前ではダメという、はっきりした決まりがあるわけではないが、「親権（命名権）の濫用《らんよう》」を禁じるという法律があり、同一戸籍《こせき》内に同じ名前があることは、それにあたるとされる場合がある、らしい。

でも戸籍には読み仮名は記載されないし、同じ漢字でなければ、スルーされてしまうことも多い。

「……同じ名前というのはあまりよろしくないのですが……」と言う市役所職員を、母はきっぱりとはねつけ、無理やり受理させた、と言う。

「私のおかげで、同じ名前になれたのよ」となぜか、恩着せがましく言うのを何度聞いたことか。

もう少しねばれよ、公務員！　と、この話を聞くたびに思う。子供を自分とほぼ同じ名前にしようとする親、普通にやばいだろう。

その、同じ名前の母が最近、やたらと結婚を勧めてくる。

「うるさいと思うかもしれないけど、言いにくいことを言ってくれる人は私しかいないでしょう？　母一人子一人の家族だもの」

いいや、父親いるし。

母は離婚して夫がいないかもしれないけど、明海にはちゃんと父がいる。

千葉の方に、やっぱり一人で暮らしている。

「ママは、本当はもう、あんな男と同じ、滝沢なんて一日だって名乗りたくないけど、あなたと同じ苗字《みょうじ》でいるために我慢してあげているんだからね」

離婚後、これまた、何度も聞かされてきた話だ。

あまりにもうるさいので、成人したあと、「だったら、さっさと旧姓に戻して私の苗字も変えればよかったのに」と言うと、虚をつかれたように黙った。

だけど、次に会った時、「あなたの苗字が変わって学校でいじめられたらかわいそうだから、あなたのためにずっと我慢してあげたの！」と言われた。

自分の発言をすっかり忘れていた明海は、なんのことかわからず、びっくりしてしまった。たぶん、会わない間、母は明海への反論をずっと探していたのだろう。だけどそれは無理やりひねり出した理由で、たぶん本当は、離婚したことをあまり人に言いたくなかったのだと思う。母は外面ばかり気にする人だから。

なんという執念、なんという意地。

「この人、本当に暇《ひま》なんだなあ」と呆れるしかなかった。

離婚後の母の生活費がどこから出ているのか、明海にはわからない。知りたくもない。ただ、ろくに働いていないということは確かだ。

明海が学生の間は、どこかパートに行っているというのは知っていたが、今はどうしているのか。

母は明海を引き取るから当然、という理由で、当時、買ったばかりでローンの残っているこの家……どうしても都内、しかも目白がいいと父を説き伏せて買わせた一軒家をもらった。もちろん、今後も父がローンを払うこと、それとは別に、毎月明海の養育費も払うことを認めさせた。一応、パートはしていて、仕事から帰ってくると「疲れた疲れた」と言いながら、「それもこれもあなたのためだ、あの男のせいで私はつまらないパートをしなくちゃならない」と愚痴っていた。

それはそれで感謝しなければならないとは思うが、いつも「あなたのために」「私のおかげ」「あなたのせいで」「元夫のせいで」と言っている母親には、できるだけ会いたくはない。

だから、明海は正月も元日の午前中に顔を出し、夜、帰る。絶対に泊まらない。

「せめて、大晦日《おおみそか》に帰ってきなさいよ。一緒に『紅白』観て、お蕎麦《そば》でも食べましょうよ」

嘘だ。

母は『紅白』が大っ嫌いだったはずだ。

それがテレビにちらっとでも映るたびに「こんなくだらないことに受信料が使われるなんて無駄だ。たいしてうまくもない歌手の歌に、どれだけのお金が払われているのか知っているか」と偉そうに語っていた。

どうせ、『紅白』を観たって、ＮＨＫや出場歌手への罵詈雑言《ばりぞうごん》を聞かされるだけに決まってる。

明海が雑煮の鍋《なべ》をかき回していると、「あなたのお雑煮には蕎麦も入れましょうね」と母は言った。

返事をする前に、冷蔵庫から茹で蕎麦を取り出して、雑煮の鍋に突っ込む。

母の料理は雑だ。

見栄っ張りなので人前では「蕎麦は藪《やぶ》じゃなくちゃ……」とか言ってるくせに、誰も見ていない家では、スーパーで買ってきた百円もしない茹で蕎麦を使う。

「やめてよ。もうそんなに食べられないよ」

明海はここでやっと声を出し、わずかながら抵抗する。無駄なのはわかっていても。

「なんで？　あなた、昨日、蕎麦食べてないんだからここで少しでも食べなくちゃ。長生きできないわよ」

実家に着いた朝から、母がどこかで買ってきた、冷たくてまずいおせち料理を食べさせられたのだ。

明海は、自分のぽっちゃり体形は母親のせいだと信じている。母がとにかく、「あなたのため」と恩に着せながら、やたらと大量に食べさせたからこうなった。

そして、そのせいで結婚どころか恋愛もできないのだ。

「ねえ、結婚もしないで、どうやって生きていくつもりなの？」

できあがった、蕎麦入りの大量の雑煮を向かい合って食べながら、母はまだ言いつのる。

「……働いて」

ぽつんと答えた。

「はあ？　今、なんて言ったの？」

「だから、働いて生きていく」

「あなた、もっとはっきり言いなさいよ。もっとちゃんとお腹から声を出しなさい。だから、おとなしい子って思われて、人間関係がうまくいかないのよ。彼氏もできないし、合コンの一つにも誘われない」

彼氏がいないと知っていて、ずっと結婚を迫っていたのか。

「それに働いてって、その仕事でさえもぱっとしないくせに」

母は大きく開けた口に、餅《もち》を入れる。そして、その歳にしては丈夫な歯でがしがしと嚙《か》む。

そのまま喉に詰まらせて死ねばいいのに……。

今、目の前の母親が餅を詰まらせても、自分は救急車を呼ばないだろうな……と明海は思った。

「女なのに、工場なんかで働いて……」

工場のどこが悪い。もう、何を言っても仕方ないと思っているから説明もしないが、明海は一流自動車メーカーの子会社に勤めて、同期の中で最初に主任になったのだ。今は部下を十人以上束ねて、新規事業の美容家電の企画と試作をする仕事についている。社内の花形部署だ。

確かに、工場のわきにある社屋に勤め、業務上、作業着を着ていることは多いし、工場に入ることもあるが、それの何が悪いのだろう。

「丸《まる》の内《うち》できれいなスーツ着てやるような仕事なら、いい人が見つかったかもしれないのに……あなた、成績だけはよかったんだから」

まだ言ってる。

「商社とか損保《そんぽ》会社とかさ、もっとエリートの男性がいっぱいいて、専業主婦の奥さんを求めているような会社に行って……」

　しつこく、しつこく、結婚しろと言うけれど、それほど母親が娘の結婚を求めているとも思えないのだった。いつまでも自分の面倒をみてほしい、というのが本心のような気がする。ただ、結婚を口に出すのは、明海をいじめてコントロールしたいのか、もしくは、結婚相手も一緒に自分の面倒をみさせて、自分の老後をさらに盤石《ばんじゃく》なものにしたい、ということじゃないか、と邪推《じゃすい》している。

「今からでも仕事、変えられないの？　親戚とか近所の人に訊かれた時、嫌なのよ。明海が工場で働いているって言うの」

「言わなきゃいいじゃない」

「そういうわけにはいかないでしょう？　明海ちゃん、元気？　いくつになったの？　あら、じゃあ、もうお母さんなの？　まだ結婚してないの？　だったら、どちらにお勤め？　どんな仕事しているの？　って質問が一揃《ひとそろ》いでくるんだから」

　知らないよ。

「ねえ、なんて答えればいいのよ」

「うるせえなあ」

　気がつくと、口が勝手に動いて声が出ていた。

「はあ？」

　母は明海の急な反撃に驚いたようで、目を見開いた。その顔を見た時、これから本当に考えていることを言うからもっと驚けよ、と思った。

「うるせえなあ。これまでろくに働いたこともないのに、黙ってろ、くそババア。もう、この家には二度と来ないからな」

明海は持っていた箸《はし》をテーブルに叩きつけて立ち上がった。母はぽかんと口を開けて、明海を見上げていた。

もう我慢できない。

私は主任なのだ。会社に行けば部下を束ねる立場なのに、こんなところで、ろくに働いたこともない女に大切な会社や仕事をバカにされたくない。

滝沢明海、ほとんど生まれて初めての口答えだった。


「まあ、しかたがないよなあ」

翌日の正月二日、明海が母親の愚痴を言うと、父、滝沢貴史《たかし》はこたつの中で笑った。

「私たちの仕事は人に説明してもわかってもらえないところがあるから」

自らもエンジニアの父は言う。

「そういうことじゃないと思う。あの人の性格だと思う」

父は現在、千葉県の船橋《ふなばし》市に住んでいる。

明海が住んでいる所沢のアパートから一時間半以上かかるが、父のところには正月はもちろん、工場が一斉休業に入る盆の時期なども必ず顔を出している。遠いからということを理由に泊まってもいく。

父は現在、新橋にある有名メーカーの本社に勤めている。いちおう、部長職だからそれなりの収入はあるはずだが、目白の家のローンと明海の養育費を払うのは大変だったろう。会社から近いとはいえ、築四十年以上の小さな団地に賃貸で住んでいるのはそのためなんだろうか。

「貴史さん、お餅、何個食べる？」

明海が父親にさらなる愚痴を言おうとした時、台所から美空《みそら》が尋ねた。

彼女は父が数年前から付き合っている「彼女」だ。バツイチの看護師で五十代前半。すでに成人した息子がいる。

父とは近所のスナックで知り合ったらしい。

「二つかな」

「明海ちゃんは？」

「すみません。私は一つで」

「えー、若いんだからもっと食べなよ」

「昨日、実家で食べ過ぎたんで！　何か手伝いますか」

「いいの、いいの。座ってて。もう作っちゃったから」

美空さんはこの家によく来ているようだが、まだ同棲はしていない。

真面目で仕事一筋だった父に行きつけのスナックがあって、そこで知り合った女性と付き合うようになったのは、嬉しいことでもあるし、若干さびしいことでもあった。

彼女の息子も昨年、就職が決まったので、そろそろ二人が結婚してもおかしくない。美空は優しくて明るくて気配りができ、自立している。

前に「美空さんとお父さんは一緒に暮らさないの？」と聞いたら、「夜勤もまだあるし、一人の方が気楽だからね。息子が出て行って、久しぶりの一人暮らしを楽しんでいるんだ」と笑っていた。

「あの人、どうやって暮らしているんだろうね？　パートもしてないみたいだけど」

実家でも考えた疑問をふと思い出して、明海は声をひそめて聞いた。

「どうだろう。母さんにはキャッシュカードを渡しているからなあ」

「キャッシュカード？」

「ほら、給料が振り込まれる……」

「え？　お父さんのキャッシュカード？　まだお母さん、持ってるの？」

本当は大きな声で聞き返したいところだが、台所の美空さんに聞こえないように、語気だけは強めた小声で言った。

「う……ん。結婚している時に家族カードを渡してあって、そのまま、お前の養育費を引き落としてもらっていたんだ」

「じゃあ、今も、お母さん、お父さんの口座からお金引き落として、使ってるの？」

「まあ、なあ」

のんびりにもほどがある、と思う。だから、母親はいまだにろくに働かずに優雅に暮らしているのか。

「そんなのすぐに取り返しなよ！」

「いろいろ面倒だしなあ」

父は、ははは、と気弱に笑う。

「きっと、騒ぐだろうし……」

確かに、母の激怒は目に見えている。

「じゃあ、給料の振込口座を変更して、引き落とされないようにすればいいじゃん」

「手続きも面倒だしなあ」

同じことをくり返す。

「いや、私が大学を出た時点でやめるべきだったんだよ！」

不思議だ。

母の家ではただただだんまりを決め込む自分が、父を前にすると、まるで結婚していた頃の母親のようにガン詰めにしてしまう。

「お父さん、もしかして、ずっとここに住んでいるの、私のせい？」

「え？」

テレビの駅伝の方に目をやっていた父は驚いたように明海を見た。

「私の養育費とかにお金かかったから……こんな古くて狭い部屋に住んで」

とっくの昔にそれは終わったのだから、もう好きな場所で好きなように暮らしてほしい。

「いや……最初はそれもあったかもしれないけど……引っ越すのも面倒だし、ここ気に入ってるし」

父の行動基準はほとんど、「面倒くさいかそうでないか」で決まっているようだ。

その時、美空さんが雑煮を載せた盆を持って部屋に入ってきたので、明海は自然と口を閉じた。

「さ、どうぞ。おいしいかわからないけど」

「ありがとうございます」

美空さんの雑煮には、はばのり、という海藻《かいそう》が入っている。彼女の実家、海辺の街の特産だそうだ。

海苔《のり》と海藻の強い香りがして、雑煮はとてもおいしかった。

「これこれ。毎年楽しみなんだよなあ」

父は雑煮を見ながら目を細める。

「じゃあ、普段ももっと作ろうか。お餅さえあれば、いつでもできるんだから」

美空さんは箸とお椀を持ったまま、首を傾げる。

「あれ、こんなこと、前も言ってなかったっけ？」

「言った、言った。毎年、同じこと言ってるけど、結局、正月にしか食べない」

父と美空はあはははは、と声をあげて笑った。

明海の母の雑煮は、なんの特色もない、平凡《へいぼん》なすまし汁だ。

父がどんどん、美空色に染まっている……そんな気がして、明海はやはりさびしくなった。


「滝沢主任」

正月明け、久しぶりに立ち上げた会社のパソコンに届いたメールの整理をしていると、部下の徳田《とくだ》に声をかけられた。

「昨年末にお話しした、東城《とうじょう》工業の件ですが……」

「あ、徳田君、おめでとう」

彼は不思議そうに首を傾げ、すぐに気がついたらしく、顔を赤らめた。

「すみません。新年でしたよね。おめでとうございます。今年もよろしくお願いします」

きっちりと両手を脇につけて、お辞儀をした。

彼とは三年以上の付き合いになる。

名古屋の本社でも後輩だったのだが、明海が所沢支社に移ることになったのと前後してこちらにやってきた。

色白でほっそりとしていて、真面目で仕事ができるのに、こういうちょっとした失敗をすると顔が真っ赤になってしまう。彼はすでに結婚して一歳の息子までいる。

「こちらこそ。東城工業ってあれだっけ？　納期の件だっけ」

「はい。人手不足ということで、やっぱり、どうしても納期を遅らせてほしいってことなんですけど……」

「なるほど」

東城工業は前任者から引き継いだ下請け工場だ。社長はいかにも町工場のおじさんという風情で仕事は確かなのだが、最近、納期の遅れが続いている。

「いろいろ探しているんだけど、今、若い人がこういう仕事はしたがらないんだよね、うちくらいの給料だと募集かけても一人も来なくて……って言ってました」

徳田の話し方には特徴があって、間接話法ではなく、直接話法を使う。しかもものまねのように上手に相手の口調をまねる。次の新年会でやったらウケると思うのだが、今はそんなことより、彼がものまねした東城社長の口調が気になった。

「……それってあれかな？　もう少し、単価を上げてほしいって催促なのかな？」

現在、明海が関わっているプロジェクトは女性用の電動シェーバーの新作だ。眉や口元の細かい産毛《うぶげ》を剃《そ》るために、ごくごく小さな部品が必要なのだが、それを東城工業に発注している。新製品の要《かなめ》にもなる重要な部品だ。納期が遅れるのは非常に困る。

「いや、そうは言ってませんでしたよ」

「そう……」

しかし、明海にはわかる気がする。

直接、社長に会っていなくても、徳田の口調から何かにじみ出るものがあるのだ。

できたら、少し、単価を上げてくれないか……そしたら、給料や時給も上げられて、自分たちも新しい人を雇《やと》える……。

しかし、あの社長は昔気質《むかしかたぎ》で、意外と、そういうことをはっきり言わない。言わなくてもわかってくれ、察してくれというタイプなのだ。しかも、一年前、コロナが収まってきた時、一度工賃を上げている。

言い出せないのかもしれない。

明海の考えすぎだろうか。

とはいえ、工賃の値上げは商品の単価や利益率に響いてくるから簡単にはできない。頼まれてもいないのにそんなことを提案したら、上に弱腰だと思われてしまう。

女だから、女だからこそ、そう思われたくはないのだ。サッチャー元首相の気持ちがよくわかる。

「じゃあ、どこまで待てるか、午後のミーティングで他の人にも聞いてみます。その前に部長にあげておきますね」

「よろしくお願いします」

徳田が頭を下げたのに合わせて尋ねた。

「お正月はどうだった？　今年は実家に帰ったの？」

昔は会社仲間で年末年始にスキーなどに行くこともあったが、最近は皆、家庭持ちになってめっきり減っている。彼は明海より三つ若い。でも、両親は父親が母親より一回り以上歳上だと聞いていた。

「……それが……父親がかなり弱ってきていて。近くの神社に初詣《はつもうで》に行ったんですが、足下もおぼつかなくて、途中で帰るって言い出して、困りました」

　彼は顔を曇らせる。

「え？　徳田君のお父さん、そこまでの歳ではないでしょ？」

「でも、来年は八十ですよ。母が若いからいいけど……そろそろ真剣に介護を考えないといけなくなりました」

　徳田が去ってから考えた。

　自分もこのままでいいのだろうか……。

　文句を言っていても、結局、あの母親の面倒をみるようになる。心底嫌だ。だけどその時は必ず来る。

　心のどこかで父と母のどちらかが折れてくれて、もしくは歳を取って穏《おだ》やかになり、また同居してくれるようなことを夢見たことがなかったわけではなかった。しかし母は年々性格がきつくなり、父には新しい恋人ができた。

　人の素地は歳を取るにつれ、強化されていくのかもしれない。今よりパワーアップした母親の面倒をみるのか……考えただけでもぞっとする未来だ。けれど、自分の他にやってくれる人は誰もいない。

　だとしたら、最低限、守りたいものはなんなのだろう。

　思いつくのは自分の仕事、今の立場……いや最悪、この仕事でなくても働き続けたい。母と一日中、顔を突き合わせるなんてとても耐えられない。昼間はデイサービスに頼んで、その間だけでも仕事をしたい。介護離職は避けたい。

それに母が死んだあと、仕事も家族もなく、ただ一人で死んでいくのは嫌だ。

では、仕事を続けるためには何が必要なのか……。

離職するケースには、親を放っておけないという人も多いだろうが、自分の給料では施設に入れたりするお金がなくて、しかたなく会社をやめ、自ら介護している人もいると聞く。

もちろん、会社側に期待する部分もある。例えば、一時的にでも時間に融通のきく部署に替えてもらえたり、残業を免除してもらえたりするかもしれない。将来的には。だけど、今はまったくわからない。

どうしたって、先立つものはお金だろう。

これまでも、自分の未来を誰かに託すような夢は見られなかったから、無駄遣いせず、普通に貯金はしてきたけど、それだけでは絶対に足りない。

何かいい方法はないのだろうか。


悩める明海の目に、その年の秋あたりから嫌でも入ってくる言葉があった。

新ＮＩＳＡ。

テレビで特集も組まれているし、ネット広告にも出ているし、書店には本が並んでいる。

将来の収入について不安を持つ明海には、強く突き刺さるものであった。

これまで投資はしたことがない。貯金一辺倒でやってきた。とりあえず、書物で学んでみよう、と明海は書店で、表紙に新ＮＩＳＡと大きく書かれた本や雑誌を何冊か選んだ。

大なり小なり違いはあっても、多くの本を読んでわかったことは次の三つだ。
①新NISAは、千八百万円までの金融《きんゆう》投資の利益に税金がかからない〝神〟の制度。
②米国株を中心とした投資信託は、この三十年ほどだけを見れば、右肩上がりに六パーセント以上の利回りで上がっている。
③②から、税金や手数料などを考慮しても、年間四パーセントずつ使っても元金は減らない。（あくまでも机上の計算であるが）
新NISAには税金がかからないのだから、③についてはもう少し多めに、例えば五パーセントずつ使っても大丈夫そうだが、ただ、ここは慎重《しんちょう》に四パーセントで考えよう。

ずっと本を読んでいた明海は、新NISAが始まる数ヵ月前のある夜、はっと気がついた。

つまり、新NISAの千八百万円の限度枠を投資信託などで埋め、複利《ふくり》で三千万円まで増えるところまで待てば、その後は四パーセント、つまり年間だいたい百二十万、月にしたら十万円ずつ使っても元金はなくならない、永久機関を作ることができるのではないか。

新NISAは年間最大三百六十万円まで投資できるので、五年で非課税枠を使い切る。その後、年利六パーセントで増えていくと仮定したら、七年後、つまり、新NISAが始まって十二年経つと三千万円を超える計算だ。

「これだ。これしかないな」

深夜のアパートで、明海はつぶやいた。

さまざまな投資がある。不動産やFX、さらに仮想通貨など。だけど、会社員には投資にそこまで時間は割けない。米国株や世界株に投資する、手数料がかからず、信託報酬も低い投資信託にお金をつぎ込むのが一番なのではないか。

しかし、年間三百六十万円、つまり月々三十万ものお金をどう工面したらよいのだろう。現在の明海の給料はぎりぎり三十万ほど。でもこれは額面だからいろいろ引かれると二十五万を切ってしまう。ありがたいことに男女の差はほとんどなく、福利厚生もしっかりしている会社だが、あまり給料が高くない。ただ、主任になったのと、残業代がつくからこれでもずいぶん上がったのだ。

ずっと一人暮らしをしてきたけど、現在、住んでいる所沢はそう家賃が高くないのが助かる。流行の服を買い込むようなことはないし、ブランドバッグにも興味はない。ただ、週末に外食するのが小さな楽しみだ。

そんな家計でも一応、四百万ほどの貯金はある。就職して八年。月に三万程度と使わなかったボーナスをこつこつと貯金してきた。それらは新ＮＩＳＡに回そう。だけど、それ以外はどうするか……。

さすがに年間三百六十万は無理ではないだろうか……。

明海は一人、夜中の自宅で頭を抱える。

ああ、もう少し、貯金しておくんだった。

外食と言っても、そこまで豪華なものを食べていたわけではない。近所の回転寿司《ずし》に行ったり、ラーメンを食べたりしていただけだ。だけど、週末の外食費を冷静に計算してみると、回転寿司が一回二千円、ラーメンが千円として、月に一万二千円ほどの出費になる。

それをずっとくり返していたから……就職してからほぼ百万くらい無駄遣いしていたわけだ。

ああ、とため息が出る。それがそのまま贅肉《ぜいにく》になっていた。

住むところだってもう少し、安いところを探せばよかった……いや、今さらくよくよしても仕方ない。

明海は顔を上げた。

これからを考えよう。

とにかく、先立つものは金！　母親を介護しつつ、仕事を続けるのだ。

五年だ、と唇を噛みしめる。

五年だけ、なんとか、死ぬ気でやってみよう。


「滝沢さんだけ、ちょっと残ってください」

二〇二三年の冬の初め、つまり、明海が母親と大喧嘩してから十ヵ月後、明海は会議のあと、企画戦略課長の吉原《よしはら》に呼び止められた。

「はい」

一緒に会議に出席していた部下の徳田が心配そうに振り返りながら部屋を出て行った。

「なんでしょうか」

「君が独身寮《りょう》に入った、と聞きました。これから言うことは、決して君が女性だからとか、主任だからとか、そういうことじゃないんです」

課長は両手を前に出し、激しく動かしながら話した。かなり気を遣っているように見えた。よく見ると、額のあたりが少し濡《ぬ》れている。

メーカーという理系の企業柄、圧倒的に男性が多く、一昔前までは悪気もなく女性差別的な軽口が飛び交っていた職場だった。けれど、ここ一年ほどで急激に、男性上司たちがそれに気をつけるようになった。いや、気をつけるというより、おびえていると言った方がいい人もいる。

課長は会議室のドアを開けていた。それも二人きりになるのを恐れたからかもしれない。あとで、セクハラやパワハラと言われないようにだ。

「ただ、他の部長たちから聞いてほしいと言われたんだ……」

ここで吉原課長はちらっと明海の方を見た。自分が言いたいわけじゃないんだ、上から頼まれたから仕方ないんだ、ということを確認したみたいだった。

「わかっています」

「滝沢さんが独身寮に入ったのは、もちろんかまわないというか、特に規定があるわけじゃないが、基本的に独身寮は工場勤務の若い男性用に作ったものなんだ。深夜勤務もあるし、職場の近くに住んでご飯やお風呂なんか身の回りの面倒をみるためで……」

「はあ。知ってます。だけど、別に女性が入ってはいけないという規則《きそく》もないですし」

当然、明海はそれを詳しく調べて届け出を出した。

「そうそう。だから、もちろん、かまわないんだよ、かまわない」

彼の手の動きはさらに激しくなった。それは両手を上下に振るようなもので、つまり、明海の感情を「おさえて、おさえて」というふうに見えた。

「しかし、なんだね、この所沢には女性寮がないわけで」

「でも地方には女性寮があるところもありますよね？　ここにもあれば私も入れるのですが……」

「そうそう。もちろん、それは会社側の問題なわけだけど、ただ、やはり、地方に比べると土地が高いからね。数少ない女性のために寮を作る余裕はなくて。それに、ここに工場や寮ができたのは五十年近く前で、社内でも一番古い建物の一つなんだよ。当時は女性がうちで働くことは少なかったから……」

課長はまた上目遣いにちらっと明海を見た。

「でも、入寮届は受理されましたし、私ももう、自宅の整理をして、寮に入ってしまったので……」

今さら、何を言いたいのか。ダメならダメで、最初に言ってほしい。

「わかる。もちろん、わかる。総務課長が私たちへの相談なく、承諾してしまったから……」

総務課長は田上《たうえ》という四十代の女性で、社内で初めての女性総務課長だった。実は、明海が書類を出した時にすでに一回、彼女に呼び出されていた。

「独身寮は男性ばかりで、女性用の風呂はないの。外の銭湯《せんとう》を利用してもらうけど、それでもいいのね？」

「もちろんです」

「あとから、女性用の風呂を作れとか言われても、絶対にできませんからね」

総務部の田上は、作業服は着ない。ほっそりした身体に黒のパンツスーツがよく似合っていた。それよりうらやましかったのは、社内に個室があることだ。課長職でも個室があるのは、各部の筆頭課長のみ。そう大きな部屋ではないが、机と打ち合わせ用の応接セットがある。

「わかっています」

「じゃあ、よしとしましょう」

そういう簡単な話し合いの末に入寮が決まった。自分もいつか、このような個室で仕事がしたい、と心から思った。明海がどうして独身寮に入りたいのか、田上が詳しいことを聞かなかったのはありがたかった。

「私たちも田上課長の決定を否定するわけじゃないよ。ただ、総務部長たちから、一つ聞いてほしいと言われていることがあって」

「はあ」

「こんなふうに急に独身寮に入りたいと言ってきたのには、何か理由があるんじゃないか、と」

ここまで聞いて、明海はいい加減、嫌になってきていた。

理由があるか？　あるに決まってるじゃないか、それがなんであれ、人は理由なしに行動しないのだから。

「もしかして、お金の問題……？」

課長は明海の顔をのぞき込むようにした。ある意味当たっているから、一瞬、どきりとし、目をそらしてしまった。それが、課長に不審《ふしん》の念を与えたらしかった。彼は咳《せ》き込むように尋ねた。

「もしも、何かあるなら相談してほしいんだ。例えば、大きな借金があるとか、ご両親がご病気だとかで、急にお金が必要になったとか」

「急、ということではないんですが」

話さなくてはならないだろうか。自分がお金を貯めたい理由、節約したい理由を。

別に隠すようなことではないし、かまわないのだが、両親や実家に関することだから、ちょっと話しにくいことも確かだ。

「もしも、それが正当な理由なら、会社の方にも貸付制度もあるので」

「いや、そういうことでは……」

「最近、女性でもよく聞くでしょ。ホストに借金というか、ツケだとか、売掛金《うりかけきん》がふくらんだとか……」

「課長、よくご存じですね。売掛金だなんて」

確かに、そういう話はネットなんかでもよく見る。

「え、もしかして、それ？　滝沢さんもホストに？」

課長は心配半分、好奇心半分のきらきらした目でこちらを見つめてくる。

「違います、違いますって」

ここまできたら仕方ない、と明海はすべてを話した。離婚した親のこと、介護の心配、そして新ＮＩＳＡについての自分の計画。

「なるほど……新ＮＩＳＡか」

課長は腕を組んだ。

「俺もあれ、やった方がいいのかなあってちょっと考えてるんだけど、子供がまだ学生で、そこまでお金に余裕がないんだよなあ」

明海が正直に話したことで気がゆるんだのか、話の最初は私だったのが、俺になっていた。

やっとわかってくれたのかもしれない。

「滝沢さんはしっかりしているんだなあ」

「いえ、それほどでも……」

「だけど、今から親の介護を考えなくても……」

課長はちらっと明海を見たが、その目にはこれまでになかった色……小さな哀れみと心配があった。

「別にそれだけじゃないです。もしも、うまくいけば、将来自分のためにも使えますから」

「まあ、そうだよねえ……一人で生きていくつもりなのか、偉いねえ」

本当なら、「結婚しないの？」と聞きたかったのかもしれない。

胸を張って言い返したつもりだけど、課長の優しい声や褒め言葉が逆に痛かった。


寮の部屋は三畳の和室で、半畳ほどの物置と和式のトイレが付いている。キッチンはなく、共同の炊事場《すいじば》が各階の廊下の隅に設置されていた。部屋には、自分で持ち込んだテレビ、冷蔵庫、電子レンジ、机、布団くらいしか置けるものはなかった。

「寮じゃなくて、牢《ろう》だ」と、入寮したばかりの頃に食堂でご飯を食べていた人たちが言っているのを聞いた。確かに雰囲気は当たっている。

最初の半月ほどは、明海が食堂に入っていくとぎょっとした顔で見つめられたりもしたのだが、それもすぐになくなった。

皆、自分のことに精一杯で、人のことにまで気が回らないのかもしれなかった。仲良く話しながらご飯を食べているのは若い作業員のグループくらいで、三十歳以上の人はほとんど一人でそそくさと食事をかき込むと部屋にこもってしまう。でも、それが明海にはむしろありがたい。

最初の頃は、昼食は社員食堂で食べていたけれど、三食しっかりと定食を食べていたらさらに太ってしまった。それに五百円の社食のお金も節約したくなって、部屋に小さな炊飯器を買い、おにぎりを作って持って行くことにした。

おにぎりの具は最初、おかかと梅干《うめぼ》しのみだったのを、瓶詰《びんづ》めの鮭《さけ》やたらこを入れたりもした。そうなってくると、お弁当を自作したくもなってきたが、ここは心を鬼《おに》にして、それ以上のものは作らないと決めた。

慣れるまでは多少まごまごすることもあったが、自分の生活のリズムが決まってくると、ほとんど同じことのくり返し……ルーティンで動けるようになった。

つらかったのは、寮内よりも社内の反応で、明海が「独身寮に移った」ということは皆にすぐにばれ、気の毒そうに見られたり、好奇心丸出しで質問されたりした。

それも数ヵ月で収まると、若い女性社員の中には「私も可能なら寮に入りたいんですけど……」と相談してくる人も現れて、一年後には明海の他に二人の女性が入寮した。どちらも、二十代でほとんど入社したてだったが。

明海はこれで、十八万円以上を、毎月投資に回せるようになった。投資信託はいろいろ考えて、「オール・カントリー」という世界中の株式に投資するものを選んだ。手数料や信託報酬もとても低いし、今後、世界情勢が変われば、投資する国や地域も変更してくれるというフレキシブルさに魅力を感じたのだ。

新NISA一年目は高配当株に人気が集まり、日本株が高騰《こうとう》、ついにバブル以来最高値を更新したというニュースが駆け巡るなど、華やかだった。投資系のインフルエンサーたちが「今日はプラス何万だ」とか「今、買わなくてどうするのか」というようなことをSNSでつぶやいているのを見ると、投信でコツコツ積み上げている状況に焦りも覚えたが、自分はまだ投資初心者なのだから、と言い聞かせて耐え抜いた。

母親には寮に入ったことは教えなかった。報告したところで反対されたり、嫌みを言われたりするのは目に見えた。嫌な思いを自らすることもない。

父親にだけは理由は言わずに、節約のために寮に入ったと伝えたが、「若い娘がそこまでする必要はないのに……」と軽く驚かれただけだった。


このまま順調に続くかと思われた入寮三年目の六月、突然、独身寮建て替えの話が持ち上がった。理由は老朽化《ろうきゅうか》と経費削減の一環《いっかん》、ということで、翌年の年度末までに全員退去してほしい、という命令が出された。

前者の理由はわかる。すでに築五十年以上、耐震《たいしん》基準も満たしていない。しかし、後者は？　経費削減が目的なら、建て替えはむしろ逆で、本当は廃寮が目的ではないだろうか。

しかし、入寮者たちの反応は鈍《にぶ》く、表立って誰かが会社側を問いつめたり、抗議したりといった動きはなかった。二十代の若者たちが数人、やはりご飯を食べながら「どうしたらいいのかなあ」「これを機に、駅の近くに引っ越すかなあ」などと話しているだけだ。

ここの人たちは皆、いい人ばかりだけど、少し覇気《はき》がないんだよなあ、と思う。結局、明海が総務課長の田上のところに行くしかなかった。

「やっぱり、来たか」

彼女は明海を応接セットに導きながら少し笑った。

「建て替えは仕方ないと思っています」

明海は前置きもほとんどなしに言った。まどろっこしい挨拶や媚《こ》びへつらいで、忙しい課長に時間を割かせるわけにはいかない。

「古い建物ですから……」

「うん」

彼女も課長になって三年目になっていた。腕を組んだままうなずく姿も様になっている。

「ただ、私が懸念しているのは、目的が経費削減なら、廃寮になるのではないかと……計画書を読ませていただきましたが、とりあえず、寮の解体と整地までの計画ははっきりしていますが、その後の日程はまだ出ていませんよね？」

「まあ、そこまでわかっているなら、私から新しく教えてあげられることは、ほとんどないのよ」

「廃寮ですか？」

「いや、本当のところ、まだ何も決まっていない。ただやっぱり、寮の維持にはお金と手間がかかる。一応、住宅手当は出ているんだから、それだけでいいんじゃないかという意見もある」

「だけど、手当は三万だけじゃないですか」

「まあね。それを全体に少し上げても、寮を作るよりは経費が削減できる」

「じゃあ……やっぱり」

「だけど、あの土地に今、何か作りたいものがあるわけではないのも事実。それなら、食事は付かない形の寮……つまり、独身者が入るアパートかマンションのようなものを作ろうかというような意見もある」

「なるほど。そうですか」

「さしあたって、今、出ているのはそんなところ」

「つまり……今のような形の寮、食事付き、寮母さん付きという形はなくなる、ということですか」

「いや、まだそこまでわからないけど……」

田上はそこで言葉を濁《にご》した。その表情を見て、明海は諦めた。今のようなユートピアはもう無理なのだろう。

部屋を出て行く時、「滝沢さんは今、三十二？」と彼女は尋ねた。

「はい。今年、三十二歳になります」

「そろそろ、昇格試験《しょうかくしけん》を受けたら？」

「あ、はい」

歴史だけは古い明海の会社では、年に一度、希望者は昇格試験が受けられる。筆記試験と面接だが、それに受かるか否《いな》かが、課長昇進への一つの指針になる。ただ、近年では受けずに出世している上司もいるし、絶対に受けなくてはならないというものでもない。

明海も忙しさに紛《まぎ》れて、後回しになっていた。

「それほど今後の登用につながらないというのはあるけど、あれに受かっておくと等級が上がって多少はお給料が増える。本当に微々《びび》たるものだけど。あと、女性の場合は大きな決意表明になる」

「なんの決意ですか？」

「私はこれから、この会社で生きていくつもりだ、ここで昇進することを望んでいる、ということを上に見せるための」

「……わかりました」

明海は深くお辞儀をして、部屋を出た。


「あんなひどいことを言って出て行きながらうちに住むなんて、どういう風の吹き回しなんだか」

引っ越し業者のトラックから荷物を下ろしていると、玄関から出てきた母親が言った。

「……いや、新しい寮ができるまでのしばらくの間だけだから……」

もそもそと言い訳をしている間も、二人の引っ越し業者が荷物を運び入れていた。とはいえ、私物は寮の物置に入っていた服とテレビ、冷蔵庫、電子レンジといった数少ない家電と机と布団のみ。

それを昔、自分が住んでいた六畳間の子供部屋にぎっちり詰めてもらった。

「まあまあ、いい歳をした娘が実家暮らし。そういうの最近は子供部屋おじさんって言うんじゃない？　あ、子供部屋おばさん、か」

引っ越しが終わって下の居間に降りていくと、お茶を淹れていた母にいきなり嫌み砲《ほう》をぶっ放された。

新しい言葉を意外とよく知っているのは、暇で昼間からテレビばかり観ているからだろう。

「これまで、あなたのことを言い訳するのは親戚だけでよかったけど、これからはご近所にも気を遣わなきゃいけないわけだ」

明海だって母と一緒になんか住みたくない。だけど、会社の独身寮の方向性が決まらなければ、動きようがない。

実家でなく、アパートなどを借りるとしたら、所沢といえども三万くらいはかかるし、一度処分したキッチン用品や家具を買い直さなくてはならない。敷金礼金などの費用ももちろんかかる。

これは一時的、本当にほんの一年か二年のことなのだ、と言い聞かせて実家に戻ってきた。しかし、この手の言葉をいきなり浴びせられると、やはり我慢できないような気がしてくる。

「明海が独身寮にいたなんて聞いてなかったわ。名前だけは有名なのに、お給料がそこまで安いの？　本当に転職はできないの？　そんなんじゃ、生きていけないじゃない。転職しなさいよ、転職」

もう、うるさいなあ、と言おうとして、母がお茶を淹れてくれた湯飲みから顔を上げた時、口ではきついことを言っているものの、その目の色は本当に心配していると気がついた。

投資のことを話そうか、と一瞬思って、そしてやめた。下手に話したらもっと反対されそうだ。

「……大丈夫だよ」

「それなら、まあ、いいけど」

同じ柄の湯飲みからお茶をすする母の表情に、どこか安堵《あんど》の色が見えたのは気のせいだろうか。

結局、寮は再開しなかった。

更地になるまでは半年もかからなかったが、そのまま一年が過ぎ、二年が過ぎ……やっとできあがった建物はがらんとした部屋がたくさん並んだだけの小さなビルだった。所沢研修所、という名前が付いて、実際、新入社員研修や各年次の研修に使われていたけれど、それ以外の時は閉め切られていた。

集中的に新ＮＩＳＡで積み立てようと計画していた期間は、最初の二年が独身寮、残りは実家暮らしという、しまらない結果に終わった。

実家には最初三万円を納めて置いてもらうつもりだったが、母親が「安すぎる」と難色を示し、結局五万で折り合いがついた。

何度か、所沢のあたりで三万以下の物件を見つけて、そちらに移ろうとしたけど、二万で食費から光熱費までを賄《まかな》うことができるとは思えず、なんとか母親との同居に耐えた。

年始に帰省した時と同様、母は明海を言葉で苦しめた。時々、母の顔を見ながら食事をするのが苦痛すぎて一度だけでも外食したいと思ったが、それでは、本末転倒だと頑張《がんば》った。あまりのひどさに、何度か父の家での同居も考えたが、いかんせん、船橋と所沢では遠すぎる。

ただ、同居が二年を過ぎた頃、だんだん、母の言葉が気にならなくなってきていることに気がついた。

まず、食事を終えたら、すぐに席を立って食器を洗い、自分の部屋にこもった。テレビもパソコンもあるので、番組や動画配信を観ていれば時間が過ぎる。食事中の小言は、食事を作ってくれている母親への駄賃だと思うことにした。何より、仕事が忙しくなり、帰宅がさらに遅くなった。夜十時を過ぎて帰ると、母もさすがに「遅かったのね」と迎えて小言も言わなかった。すでに寝ていることも多くなった。寝室の前を通る時、母のいびきを聞きながら、あの人も歳を取ったんだな、と思った。

結局、新ＮＩＳＡの千八百万円の枠が埋まるまでに七年近くかかった。残り数ヵ月で積み立て枠がいっぱいになる、となった冬、明海は休日ごとに、会社の近くの不動産屋をめぐり、月五万円台の部屋を探した。今後も慎《つつ》ましく生き、できるだけ貯金や投資をするつもりだったが、これまでほど強烈な節約は必要ない。千八百万円分の投資が複利で増えていくのを待てばいいのだから。

家を出て行く、と告げた時、母は呆然とした。明海の「計画」を彼女には話していなかったから、この生活が五年足らずで終わるとは思っていなかったようだった。

「あんたなんかが、一人で生きていけると思ってるの……」

母の最後の言葉はため息と共に発せられ、声には力がなかった。少しかわいそうに思ったが、心を鬼にして出てきた。

引っ越しの日の夜、アパート近くのラーメン屋でチャーシュー麺《めん》を食べた。自分でお金を払って食べる外食は久しぶりだった。一番好きで自分では作れない、本格的な豚骨《とんこつ》味にした。麺をすすっていると、白濁《はくだく》したスープに涙がぽたぽたと落ちていくのがわかった。

テーブルの上の紙ナプキンがきれていたので、自分のバッグからポケットティシューを取って、盛大に鼻をかんだ。終わったところで、ふっと周りの目が気になって横を見て驚いた。

隣で同じように麺をすすっている、若い女がいた。

きれいな子だ、と座った時に少し気になってはいた。こんな若くてきれいな子が、自分と同じようにラーメンを一人で食べに来るのか、と。

だけど、驚いたのは別のことだ。

彼女の頬にも涙が流れていた。

何があったんだろう……。

その時、テーブルに置いてあったスマホがぶるぶると震えて、彼女はそれを取った。

あ、萌《もえ》？　今すぐ来れる？

明海にもはっきり聞き取れるほど大きな男のダミ声だった。

「あ、行けるよー。だけど、今、めっちゃ遠くにいるの」

どこ？　と聞かれたのだろう。

「所沢。ウケるでしょ」

彼女は今もまだ頬に涙が残っているとは思えない明るい声で言うと、立ち上がった。手の甲《こう》でそれを拭っている。

「タクシー代、出してくれるなら、すぐ行くけど」

電話を切った萌と目が合ったので、明海はつい、ティシューを差し出した。

「よかったら、どうぞ」

「あ、ありがとうございます」

萌は肩をすくめて見せた。

「男の車で来たんですけど、ケンカになってそこで放り出されて」

理由を聞いたつもりはなかったのに、萌は店の外を指さしながら言った。その姿は妙に無防備に見えた。

「大丈夫ですか？」

「たぶん。意見と見解と条件の相違だから」

彼女は明海のポケットティシューをそのままコートのポケットに突っ込んで、ラーメン屋を出て行った。

正直、一枚だけ渡すつもりだったので、明海は驚いて彼女の後ろ姿を見つめた。

萌と呼ばれた女のラーメンは、ほとんど手をつけられていなかった。


それから七年、二〇三七年の半ば頃、新NISA枠に据え置いた投資信託の金額は複利で三千万円を超えた。母は七十二、父は七十三になり、明海は四十三歳になっていた。

実家を出てから、母とはほとんど会わなくなった。一方的にメールやLINEを送ってくるがろくに返事もしない。年末年始もいろいろと理由を作って帰らなくなった。

ただ、両親が二人とも、まだそこそこ元気なのがありがたい。母は相変わらず仕事をまったくせず、目白の家に住んでいる。

そういう近況は父から聞いていた。

「……お母さん、明海と会いたいって言ってるぞ」

父は結局、美空とは結婚しなかった。

付き合って五年目の春、自然消滅したらしい。若者と同様、長すぎる春は恋愛によい影響を与えなかったようだ。

美空は一つ年下の介護職の男性と結婚した、というのも父から聞いた。どうして、美空さんと結婚しなかったの？　とは、ついぞ、訊くことができなかった。親子といえど、失礼かと思った。

ただ、いまだ母は父のキャッシュカードを持ち、そこから勝手に引き出して使っているらしい。美空と結婚まで至らなかったのは、そのあたりが関係しているのではないかと明海は密《ひそ》かに考えていた。誰だって、元妻に毎月お金を引き出されているような男は嫌だろう。

十三年の間、投資がずっと順調だったわけではない。アメリカはまた、新たな軍事支援を始めたし、あわや第三次世界大戦につながるのでは？　と世界を震撼《しんかん》させた台湾有事《たいわんゆうじ》もあった。日本は緩和《かんわ》的な金融環境から脱却《だっきゃく》できず、円安は進み続けた。台湾有事の時には一時的に円高にふれ、明海の資産は大きく減少して、それは戦争のニュースを聞いた時よりずっとぞっとさせられたが、結局、元に戻った。

でも今後だってわからない、と明海はネット証券会社の数字を見ながら思う。

月十万円ずつ下ろしてもいいと知りつつ、まだ一度も使ったことはない。さすがに多額のお金を資産運用に回すことはなくなったが、贅沢することもなく、今も小さなアパートに住んでいる。

時々、自分の人生はなんだったんだろう、と思うことがある。

明海はまだ四十代前半だけど、六十はすぐに来る、ということはわかっていた。

以前は別に一生結婚しなくてもかまわない、子供もいらないと思っていたけど、ふと、自分が死んだあとのことを考えるようになった。この三千万以上にふくれ上がった投資信託は誰のものになるのだろう。

別に、何が欲しいわけではないが、もしも、このお金を誰かに残すことができるなら、もっと自分にもやる気が出るのに、と夜中に考える。

その年の年末、明海はまた、父の家に向かった。最近は大晦日に行って、一緒に『紅白』

を観て蕎麦を食べることになっている。

二人で『紅白』を観ながら、明海はつい聞いた。

「……ねえ、お父さんとお母さん、なんで離婚したの？」

「は？　急になんだよ」

父は微笑みながらも戸惑《とまど》っていた。

「だって、聞いたことないもん、理由。ある日突然、離婚が決まって別居して」

「父さんもよくわからないんだよ」

「え？」

「母さんが今の明海くらいの時かなあ。急にイライラし出して、離婚したいって言われた」

「それだけ⁉」

「うん。それだけ。母さん、言い出したら聞かない人だし、仕方ないなと思って」

信じられない、とつぶやきつつ、いかにも身勝手な母らしい、と思った。

『紅白』の第二部が始まる頃、明海は蕎麦を茹で始めた。すると、ドアの旧式のベルがブーッと鳴った。

「誰？」

明海は驚いて、父の顔を見た。ここ何年も、年末年始に父を訪ねる人はいない。

「もしかして、美空さん⁉」

「まさか。いつの時代の話をしてるんだよ」

明海がドアを開けると、そこには母が立っていた。

「お母さん！」

母は気まずそうに、「来たわよ」とつぶやいた。

「なんで、来たのよ」

「明海、母さんを入れてやれよ」

仕方なく、母の分の蕎麦も作って、それを出した。三人で蕎麦をするのは、三十年振りかもしれない。

「あのな、明海」

父が恥ずかしそうに言った。

「何？」

「実は、父さんと母さんな」

「え？」

「……同居しようかと思ってるんだ」

「えええ⁉　本当に⁉」

「目白の家で一緒に住むの」

母の明美の方が落ち着き払っていた。

「どうして！」

「あなたのためなのよ」

「何言ってるのよ！　勝手なこと言わないでよ！」

「いや、本当にお前のためもあるんだよ。お互いこのままじゃ、明海に迷惑かけるばかりだろ。一緒に住んで、お互いの面倒をみあおうかって。どうせ、生活費は同じ口座から出てるんだし」

「いつから、そんなことに！」

「ここ、数年かしらね？」

母が父の顔をのぞき込む。その様子はどこか物慣れていて、これまでの月日を匂わせるものだった。

「お父さん、それでいいの⁉」

父はうなずいた。それはやっぱり……嬉しそうとしか言えない表情だった。

私の人生はなんだったんだろうか……あのお金は……。私はただ、親に、母に、翻弄《ほんろう》される人生を送るしかないのか。

呆然としつつ、しかし明海はどこかで思っていた。確かに、二人にはもう、それしかないのだと。そして、そうしてくれたら、自分にとって一番ありがたいことではあるのだと。

ずっと、母は自分のお荷物で、娘に老後を託そうとしている女だと思っていた。だけど本当は、この人も多少は自分の人生の落としどころを考えていたのだ。

今後の人生を、母のせいにはもうできないのだ。

母を介護するために作った、毎月、自由に使える十万円をどうしようか。どう使おうか。

私は少し、自由になったのだ。

「とりあえず、おめでとう」

その言葉は両親に向けたのか、自分に向けたのか。

明海は明日のお屠蘇《とそ》用に買ってきていた冷蔵庫の日本酒を、祝杯《しゅくはい》として出すために立ち上がった。

第四話 月収百万の女

瑠璃華（26）の場合

①サポートがあっても食事以上の交際にはなりません。
②サポート、容姿や性格などの条件がＯＫでも、初日から大人の交際をする可能性はありません。
③サポート、容姿、性格などの条件がＯＫなら、初日から大人の交際に発展する可能性はあります。
④容姿や性格は特に気にしません。サポートの条件次第で大人の交際に発展します。
⑤出会いのチャンスを優先したいので、交通費は不要です。
※但《ただ》し、交際タイプは男性が最も重要視して女性を選ぶ項目《こうもく》です。虚偽の申告《しんこく》はペナルティの対象となります。

「デートクラブでサインする時、最後の但し書きを見て、あ、これは真のパパ活じゃないんだな、と思ったんですよ」

　瑠璃華《るりか》がそう説明すると、「何それ？　いったい、どういうこと？」と鈴木菊子《すずききくこ》は笑った。彼女の目尻に皺《しわ》がいっぱい寄る。

　その皺を見ると、瑠璃華は安心する。自分がここにいる意味があることがわかるからだ。鈴木には性的なサービスは通用しないから、なおさらだ。

「パパ活の定義っていうのがあるんですよ」

「そんなのあるの？　というか、どうしてそんなことを知ってるの？」

「あたしは理論的パパ活嬢なんで」

「まーた、新しい言葉を使う」

鈴木はまた笑った。

「パパ活を専業にする前にいろいろ本も読んだし、パパ活講座にも通ったんで」

「ちょっと待って。パパ活講座って何？」

「パパ活コンサルタントっていう人が講師になって、理想のパパとはなんなのか、どうやって質のいいパパをゲットするか、ってことを学ぶんです」

「ああ、気になることばかりで困るけど、とりあえず、そのパパ活の定義っていうところから聞こうか」

「女性側に選択権があって、何事も強要されない、それがパパ活の定義で、他の水商売とは一線を画《かく》します。だけどこのクラブには規則があって、背《そむ》いたらペナルティを科されるんですから、真のパパ活とは言えないのかな、ってことです」

「まあ、だけど確かに、④です、って言っておいて、ご飯を食べて逃げてしまったら、怒る人も出てくるかもね」

鈴木はふふふと笑った。

「どっちにしても、契約というものがある限り、真のパパ活とは言えないんです。ただクラブでサインしたのは契約書ではなかったんですが」

「契約書ではない？」

「はい。クラブはあくまでも、交際を求めている男女を引き合わせるのが目的で、金銭の授《じゅ》受《じゅ》があるかどうかにはタッチしません。その用紙にもアンケート調査、と書いてありました」

鈴木はさらに大きな声で笑った。

「ものは言いようね」

今晩は彼女の方から連絡があり、何が食べたい？　と聞かれたので「お肉を食べたい」と答えた。「じゃあ、丸の内のモートンズはどう？」と店を予約してくれた。

ここは個室ではないが、テーブルの一つ一つがかなり離れていて、隣の客の顔はあまり見えない。そういうところも彼女はわかっている、と思う。

顔を合わせると、まず、「お元気だった？」「最近、どう？」というような挨拶を交わし、ウエイターがうやうやしく持ってくるメニューに目を落とした。

「……まあ、普通だけど、フィレとニューヨークステーキが両方食べられるコースにする？」

鈴木が面倒くさそうに一番高いコースメニューを挙げるのもいつものことだ。

「そんな両方は食べられないから……」

「若い人は食べられるわよ。ダメなら残せばいいんだから」

鈴木は脇に立っているウエイターに尋ねた。

「ね？　残してもいいわよね？」

「もちろんです」

彼は笑顔で答えた。

「フィレミニョンのコースにしませんか。それなら食べられそう……」

「あなたがそう言うなら、そうしましょうか。ここのオニオンブレッドはおいしいから」

「おっしゃる通りでございます」

ウエイターがさらに笑顔を大きくして言った。

「ね、コース以外でもなんでも好きなものを頼んで」

「だから、そんなに食べられませんよ」

いろいろ話しながらメニューを決め、ウエイターにそれを渡したところで、「あ」と小さな声をあげた。

「私はお昼が遅かったんだった」

彼女はもう一度、メニューを開いた。

「ごめんなさい。私はアラカルトにして。オニオングラタンスープとモートンズサラダ。それからフィレを少々ね。ミディアムレアで」

「え、じゃあ、あたしも変えますよ」

瑠璃華が慌てて言うと、「いいの、いいの。あなたはそのままにして」と手を振った。

「その代わりと言っちゃなんだけど、赤ワインをちょうだい。エルミタージュがいいわ、何かある？」

「ソムリエを呼んでまいります」

「あのね、それからちょっとお行儀悪いけど、エルミタージュに合わせて、先に、何かつまめるものも持ってきてもらえる？　適当に盛り合わせて。チーズとかハムとか」

たぶん、この人にとっては高級ステーキハウスもフレンチも、そのあたりの居酒屋と同じなのだろう、と瑠璃華はウエイターと話をしている鈴木を見ながら思った。ただ、自分の好きな酒と食べ物を出してくれる場所という意味では変わりないのだ。それくらいリラックスしていて、自然だった。

「申し訳ございません、鈴木様。あいにく、当店は現在、エルミタージュの用意がございませんで」

やってきたソムリエは、鈴木の足下にひれ伏さんばかりに謝った。

「最近、日本へのエルミタージュの入荷がかなり減っているものですから」

「あら、そう、じゃあ、クローズ・エルミタージュでもいいわ」

「今、ご提案しようと思っておりました。それでしたら、ご用意がございます。他にボルドーなどをいくつか選んでお持ちしてよろしいでしょうか」

二人で顔を見合わせて笑った。共犯者のように。

そんなふうに丁寧に選んだ飲み物や食事なのに、鈴木はほとんど食べず、ワインだけをがぶがぶ飲んだ。味わっているふうはなかったし、おいしそうでもなかった。

「エルミタージュがお好きなんですか」

何杯目かのワインを注《つ》ぎに来たソムリエが鈴木に話しかけた。彼は少しでも鈴木に話しかけたいみたいだった。だけど、彼女は素っ気なく「私でなく、夫がね」とつぶやいた。

それは答えになってないと瑠璃華は思った。ここに彼女の夫はいないのだから。彼もそう思ったようだが、鈴木がそれ以上説明しようとしないので、下がってしまった。

食事をしている間、瑠璃華は自分が今のデートクラブと契約した時の話をしていた。最初の注文が終わると、いつも彼女は聞き役にまわる。でも、何も聞いていないということはなく、「へえ、それで？」「どうして？」「何があったの？」などと、ちゃんと相づちを打ってくれるから、嫌な気持ちはしない。それどころか、他のパパたちは自分の話しかしないから、こうして吐き出させてくれる時間は、わりと貴重だった。

それに、こうすることが鈴木の頼みだった。瑠璃華が自分のことを話すこと……。


「ちょっと変わった依頼が来ているんですが……」

デートクラブのマネージャー、阿部《あべ》から連絡が来たのは四ヵ月前のことだった。普段はLINEかメールなのに、それは音声電話だったから瑠璃華は少し緊張《きんちょう》した。電話は苦手だ。

「変わった？　性癖《せいへき》のことですか」

「いいえ。お相手は女性」

「あ、それ、あたしダメです」

瑠璃華は勘違いして、すぐに言った。

「いいえ、違います。うちはそういうことはやってません。じゃなくて、小説家の人がパパ活をしている女性の話を聞きたいと言ってきているんです」

瑠璃華の言葉を否定する阿部の声は少し冷たく、彼女を責めるかのようだった。

「……話？」

「私、本をあまり読まないので知らないんですが……鈴木菊子って五十くらいの人……知ってます？」

「知らない」

そこでお互いに少し笑って、緊張がほぐれた。

「ですよね。とにかく、社長を通して出版社から依頼があったそうで、あまり気を遣ったりすることはないから、おいしいものでも食べながら、ざっくばらんに話を聞かせて欲しい、なんでも好きなものをご馳走《ちそう》するし、サポートもするから、と」

「お金？　どのくらいもらえるんですか？」

阿部は一瞬黙った。このクラブでは、デートのあとにお金が発生するということを公言できないことになっているからだろう。

「あちらは……ええと、大人の関係と同じくらいのサポートはするそうなので、金額はこちらから提案してみては？」

「……でも話、苦手だからなあ」

瑠璃華はいわゆる、とりとめのない雑談のようなおしゃべりが嫌いだった。だから、ラウンジやキャバではなく、パパ活をしている。ああいう場所で、たくさんの人と話すと疲れてしまう。

「どうしようかな……あの、どうして、あたしなんですか」

「年齢的にちょうどいいんだそうです」

「ちょうどいい？」

「小説に出てくる人がそのくらいなんですって」

「あたしが主人公になるんですか？」

「さあ、どうでしょう。そのあたりも一度お会いして聞いてみたら……」

阿部は少し面倒くさくなってきたようで、話をまとめようとする。だけど、瑠璃華はまだ確認したいことがたくさんあった。

「それ、あたしとその人と二人なんですか。他の人とかも来るんですか」

「ええと、瑠璃香さんの希望次第で他に編集者さんが一緒に来るかもとは言ってました」

「編集者って男？　女？　どのくらいの歳の人ですか」

「わかりませんけど、まあ、鈴木先生よりは若いんじゃないですか」

瑠璃華は眉間に皺が寄るのがわかった。そこには普段、絶対に、皺を作らないようにしているのに……。

瑠璃華が黙っていると彼女が気持ちを汲《く》んだように言った。

「そのあたりもちょっと確認してみますか」

「はあ……」

その鈴木という人はかなり年上のようだからいい。だけど、同じくらいの、普通に勤めている女と話すのは嫌だ……。

「それとも、もう断っちゃいますか。同じくらいの歳の、別の人に頼めばいいことですから、瑠璃華さんが気にすることはないです」

そんなふうにあっさり言われてしまうと、逆に気になった。

断ってもいい。だけど、今月はまだ目標額まで行っていない。ここまで楽そうな仕事を簡単に断っていいものか……。

瑠璃華は今の生業《なりわい》を専業にしてから、毎月百万稼ぐことを目標にしていた。

以前は違った。学生や会社員だった時は、土日と暇な平日、パパたちと会って食事をしたり、大人の関係になって月数十万稼げれば十分だと思っていた。だけど、一年ほど前に専業になってから気持ちが変わった。

現在、定期的に会うことを約束していて、月々二十万で契約しているパパが二人いる。それだけでまず四十万。それから月に数回会うパパが五、六人。一回に三万から五万をもらえるし、買ってもらったバッグやアクセサリーを質《しち》に入れたりして、一生懸命頑張れば、なんとか百万円に届くのだ。

もっともっと頑張って一日に複数の人と会えば、達成は容易かもしれない。実際、同業の猛者《もさ》にはそういう子もいると聞く。だけど、それは身体と精神を壊しそうでやめていた。パパ側の事情でどうしても重なってしまう時以外は。それから、週に一日は必ず休むようにしている。

おじさんの一人は月に三十万にしようか、と言ってくれる。だけど、ダメなのだ。三十万くれるようになると、なぜか、おじさんは急に女の子を自分のもの扱いする。


「二十万と三十万の間に、何か、あるのかしら」

以前、鈴木はその話を聞いた時、首を傾げた。

「あります。大ありです。三十万なら、ぎりぎり東京で一人暮らしができる額です。というか、できるだろうとあの人たちは思っています。だけど、二十万じゃ、一人暮らしはできないと言い張れる。二十万だけで、恵比寿《えびす》で部屋は借りられないから、他の人とも会うのよ、と言えば納得してくれる」

実際、瑠璃華は恵比寿に住んでいたが、それは他の人が想像しているような部屋ではなく、月十万ほどのワンルームで、目黒《めぐろ》の方が近かった。それでも、恵比寿に住む、金のかかる女というイメージが必要だった。

「じゃあ、五十万で、君のすべてを欲しいと言われたら？」

瑠璃華は少し考えて首を振った。

「そこまで高額の愛人契約を持ち出されたことはないけど、でも、ダメですね」

「なぜ？」

「五十万だけじゃ、まあまあ豊かな生活はできても、お金は貯められないもん」

もしかして、五十万あれば十分じゃない？　とか言われたりするかな、と心配したけど、
鈴木は、一言、そうね、とつぶやいただけだった。

「それに、五十万出されたら、やっぱり、その人に一人だけということを要求される。いつでも、俺が会いたい時に会えるようにしておけよ、とか、朝ご飯作れよ、とか、言われそう」

「確かに」

鈴木は笑った。

「何より、そんな一人の人に関わって、いつか捨てられたら、その時に無収入になっちゃう」

「そうね」

「二十万が二人、五万の人がたくさん、というのがいいんです」

「じゃあ、百万なら？　百万円で俺の女になれよ、って言われたら？」

瑠璃華は「それならもちろん」と言おうとして、少し考えた。

確かに一人の人で百万なら十分かもしれない。だけど。

「……やっぱりダメかも」

「どうして？」

「その人に捨てられて、気がついたら新しい人を探せなくなる歳になっているかもしれな

郵 便 は が き

料金受取人払郵便

銀座局
承 認

4800

差出有効期間
2027年5月
19日まで

(切手不要)

100-8788

304

(受取人)
東京都千代田区大手町1-7-1
読売新聞ビル 19階

中央公論新社 販売部
『月収』
愛読者係 行

フリガナ
お名前またはペンネーム

男・女 年齢 歳

◆ お住まいの地域

(都・道・府・県)

◆ ご職業

1.学生 2.会社員 3.会社経営 4.公務員
5.自営業 6.主婦・主夫 7.パート・アルバイト
8.フリーター 9.その他( )

弊社出版物をお買い上げいただき、ありがとうございました。
本ハガキで取得させていただいたお客様の個人情報は、編集宣伝以外には使用いたしません。

愛読者カード

作品名『月収』

◆ この本に興味をもったきっかけをお選びください。(複数可)

1. 書店で見て
2. 原田ひ香さんの作品だから
3. 新聞広告(紙名：　　　　　　　　)
4. 新聞・雑誌の書評
5. テレビ番組での紹介
6. ネット書店で見て
7. ネット書店のレビュー
8. 書評サイトの評価
9. 友人・知人に勧められて
10. SNS で見て
11. その他（　　　　　　　　　　　　　　　　　　）

◆ どこで購入されましたか。

1. 書店　（　　　　　　　　　　）
2. ネット書店（　　　　　　　　　　）
3. その他（　　　　　　　　　　）

◆ 普段、本を選ぶ際に参考にしている新聞、雑誌、番組、web サイトなどがありましたら教えてください。

◆『月収』の感想をお書き下さい。

【弊社広告物への使用の可否をお教えください】
記入した個人情報以外の内容を、広告等、書籍の PR に使用することを
許可（する／しない）　アンケートにご協力ありがとうございました。

い」

「確かに、どんなに条件がよくても収入を一つに頼り切らないというのは、フリーランスには大切なことよ」

鈴木は深くうなずいた。


鈴木からの初めての依頼を受けたのは月末で、その月は瑠璃華の目標月収に達する前だった。専業になったら、ちゃんと目標を作って働かないと、すぐにだらけてしまいそうだった。ただ生活するだけなら、数人の人と会うだけでできるのだから。だけど、こういう生活を続けられる期間はそう長くないということはわかっている。

目標額まで行くためには、少し苦手なこともやらなくてはならないと思った。それに、これまで休んでいた週一日を彼女と会う日に充てたら、ダメージは少なく、さらに稼げそうだ。

「二人だけで会えるなら、引き受けます」

「わかった、訊いてみる」

鈴木は条件をすべて呑《の》んだ。会うのはレストランの個室で二人きり、一回二時間の話で三万円、タクシー代を一万、別に渡す。

鈴木からの要望は一つだけだった。

「あなたが一番きれいに見える、一番好きな服を着て来て欲しい。お化粧もしてほしい、とのことです」

「……どういう意味ですか？」

「さあ、言葉通りの意味じゃないでしょうか。きれいに着飾って来て欲しいということでは」

　そのくらいは簡単なことだ、と思った。

　初めて会った日、鈴木はペニンシュラホテルの中の中華レストランの個室に一人で待っていた。

「来てくれてありがとう」

　瑠璃華が入っていくと、すぐに立ち上がって軽く頭を下げた。年配の女性にそんなふうに丁寧に接してもらうのはほとんど初めてだったから、瑠璃華は面食らった。

　彼女は濃いブルーのワンピースを着ていて、小さなダイヤモンドのピアスとネックレス、指輪の他は目立つような装飾品はなかった。バッグも国産のブランドなのか、黒の革だったがどこのものかわからない。

　今の仕事を始めてから、人のことはだいたい持ち物で判断するようになってしまった。インフルエンサーの写真を見ると、その服はいくら、ジュエリーはいくら、さりげなくくつろいでいるホテルの部屋の料金はいくら、ベッドの下に置いてあるバッグはいくら……と瞬時に計算できたが、鈴木の値段はわからなかった。

「何を話せばいいんですか」

　注文を終えたウエイターが深いお辞儀をして出て行くと、ほぼ同時に瑠璃華は訊いた。意識はしていなかったけど、少し冷たい声になってしまった。緊張していたのかもしれない。

　注文中の鈴木の態度はほぼ完璧と言ってよかった。温かく丁寧だけど、慇懃《いんぎん》無礼《ぶれい》でもなく、逆に馴《な》れ馴《な》れしすぎるわけでもなく。まるで、あまり会うことのない親戚の子供が上京したから呼び出したような感じだった。

「そうね、あなたが話しやすいことを話してくれればいいんだけど」

鈴木は両手を顎の下で組みながら言った。

「でも、そう言われても困ってしまうわよね……じゃあ、差し支えない範囲でいいので、あなたの人生というか、どんなところで生まれて、どんな学生時代を送って……というようなところからお聞きしようかしら」

メインの黒毛和牛のリブロースの中華風ステーキを食べる頃には、学生時代にこの仕事を始めた時のことを、自然に話し始めていた。

「……わりに成績がよかったんですよ、あたし」

「わかる」

鈴木は即座に深くうなずいた。

「そうですか？」

「だって、話し方が理路整然《りろせいぜん》としているもの。聞かせるし、楽しいし」

あの日、あれが一番嬉しかったかもしれない。自分はそれまで話が苦手だと思っていたけど、彼女が褒めてくれたこと。そして、頭がいいと認めてくれたこと。

「だから、普通に地元の塾《じゅく》で受けた模試の成績を参考に受かる大学を選んだんです。私学だから授業料はかかるし、生活費の仕送りもしてもらわなきゃいけないけど、親もそのくらいなら大丈夫、と言ってくれてました」

控えめに大学名を言うと、鈴木は、「優秀なのね」と言った。

本当は、その学校名は嘘だった。これまで仕事で会った人に、住所や名前、出身地や大学で本当のことを言ったことはほぼない。それはパパ活をしている人間なら当然のことだ。真実をもらして、別れたあと、ストーカーになるおじさんは驚くほどたくさんいる。

ただ、瑠璃華は偏差値《へんさち》でさばを読んだことはない。鈴木に語ったのは、都内で並び称されるような大学の名前だが、まるっきり嘘でもないのだ。

「でも通い始めたら、お金がまったく足りなかったんです」

本当はそこで自分がいくら仕送りをしてもらっていたのか、親はどこで働いていて、どうしてそれ以上のお金を出せないのか……話すべきなのかもしれないが、瑠璃華には口にすることができなかった。何があっても親は親であの時は精一杯のことをしてくれたのだから。

でも、月に百万くれるおじさんより、頼んだ時、すぐに電子マネーで五千円分を送ってくれる親がいる方が何倍も幸せに決まってる。

もしも、鈴木から深く尋ねられたら説明するしかないと思いつつ、話を先に進めた。

「……それで、教えてもらったんです。こういう稼ぎ方があるよ、って。おじさんと食事するだけで、一万円くらいもらえるよって」

しかし、彼女は瑠璃華の親についてそれ以上突っ込んだ事情を尋ねることはなかった。

「誰に?」

「高校時代の友達です。その子は親が学費しか出せないとかで、あたしよりずっと大変そうでした。それなのに久しぶりに会ったら、ディオールの新作バッグを持っていたんです。びっくりして、どうしたの? って聞いたら……」

同級生の芽生《めい》は高校時代、さほど仲のいい友達ではなかった。お互いの成績が同じくらいで、顔立ちも整っていて、瑠璃華とは校内の人気を二分しているような関係だった。だけど大学に入学して数ヵ月が経った頃、東京に進学した人たちだけで会うことになった時、まるでお互いに引き寄せられるように近づき、上京の苦労を語り合った。たぶん、何か、相手に感じるものがあったのだと思う。

「最初は教えてくれなかったんだけど、あたしも自分の生活の厳しさを正直に伝えたら、しぶしぶ教えてくれました。なんていいことを教えてくれたんだろうってすごく感謝しました し、こういうことは学校の友達や地元の友達にも話せないから、お互いに唯一の理解者になった感じです」

「いいお友達になったのね」

鈴木にそう言われると、瑠璃華は自然と顔がゆがむのがわかった。

「どうしたの？」

彼女に優しく尋ねられて、つい、答えてしまった。

「……わかりません。あの時、あの子、あたしに教えるのを渋《しぶ》ったのはたぶん、自分が今やっていることを言うのが嫌だったんだろうと思います。でも結局、教えてくれたのはただ、あたしのためというわけじゃなくて、あたしのことも同じ境遇《きょうぐう》に陥《おとしい》れたかっただけのような気がするんです」

そこで、瑠璃華は赤ワインを飲んだ。普段は、渋いのが嫌であまり飲まない酒だった。だけど、その時は飲まずにはいられず、ぐっとあおるように喉に流し込んだ。

「それから……」

「え？」

瑠璃華が口を開こうとすると、鈴木は「今日はもういいわ」と言った。

「さあ、あとはデザートでしょ。私も仕事のことを忘れて、甘いものを楽しみたい」

そして、本当に、その日は瑠璃華の仕事については一言も尋ねなかった。そして、その後も何度か同様の食事会が続いた。

鈴木はオニオングラタンスープとサラダは食べたけれど、ステーキにはほとんど手をつけなかった。ただ、ワインは一本空けた。

それでも彼女の顔色は変わらず、しゃんとしていた。

「……こんなことでいいんですか」

メインが終わってデザートを待っている間、瑠璃華はついもらした。

「何が？」

「いつもこうやって……お話をするだけで」

彼女と会うのももう五回以上になる。月に一回か二回、連絡が来て会っている。知り合ってから季節が変わった。春から夏へ。

「そういう契約だったでしょ」

「だけど、あたし、ちゃんと話できてます？　鈴木さんが聞きたい話が」

彼女はゆっくり微笑んだ。

「私がして欲しい話じゃダメなのよ」

「え、どういう？」

「私がこんな話を聞きたいのではなくて、あなたの本当の気持ちを知りたい」

その時、一人の女がふらふらとこちらに近づいてきているのに気がついた。

「久しぶりー、最近どうしてるの？」

彼女……確か、はすみ、という名前だった。その表記は知らない。

今夜はかなり酔っているようだった。キャミワンピと言われる露出度《ろしゅつど》が高い、ピンクのレースのワンピースを着ていて、長く白い手足がむき出しになっている。よく似合っていたけれど、場違いなのは間違いなかった。

「久しぶりだね」

彼女のテンションに合わせられず、驚きながら挨拶した。

瑠璃華と同じようなことを生業にしていて、こういう場所でおじさんといるところを時々見かけ、気がついたら挨拶くらいはする仲だった。一度、南麻布の寿司屋のトイレで便器に向かって吐いているのを見て、長い髪が汚れないように持ってあげてから、お互いに名乗り合った。いつ会っても、酔っ払っていた。そうでもしなければやってられないのはわからないでもなかった。

「あれ、今日は……？」

はすみは今、気がついたように、鈴木の顔を無遠慮にのぞき込んだ。

「この人、お母さん、あたしの」

とっさに出た言葉だった。

「え？　ママ？　瑠璃華の？」

鈴木は席から立ち、軽く頭を下げた。

「いつも、娘がお世話になっています」

「あ、そうですか……」

はすみは白けた顔でふらふらと自分のテーブルに戻っていった。そこには太った四十くらいの男が座っていて、心配そうにこちらを見ていたが、瑠璃華と目が合いそうになるとうつむいた。

「……あの子、はすみ……同業者なんです、時々こういうところで会う」

「そうなの」

鈴木は笑った。

「かわいい方ね」

「まあ、ギャルですよね。でも、ああいうのが好きな人もいるから」

自分でも声がとがるのがわかった。

鈴木のことをあたしのお母さん、と言った時から、瑠璃華はずっと彼女のことを考えている。

それまでも時々会って、いい人だと思っていた。嫌な思いをすることなくお金をくれるし、瑠璃華を見下すような言動をしたことは一度もない。でもただ、それだけの人だった。お金をくれなかったら、一度でも、鈴木がそれをケチるようなことを言ったら、たぶん、会うのをやめたと思う。

だけど、あの一件から急に、鈴木のことが特別になってしまった。

それが原因だったのだろう。ふと、これまでしようとも思っていなかったことをしてしまった。

「鈴木菊子」を検索すること。

逆にこれまでなんでしなかったのだろう、と思いながら、検索欄に名前を打ち込む。

――鈴木菊子は日本の実業家。

最初にそんな文字が出てきて驚いた。

そのリンクをさらにクリックすると、詳しい経歴が出てきた。

年齢非公開、東京都杉並《すぎなみ》区出身、学士……経歴をずうっと見てきて、最後の一行に驚いた。

――二〇二二年、会社の解散を発表。

「え？」

瑠璃華は慌てて、今度はＳＮＳで彼女の名前を検索した。

すでに削除されたのか、彼女のアカウントはなかった。ただ、会社が畳まれたことを惜《お》しんだり、いぶかしんだりする言葉がずらっと並んでいた。


鈴木菊子さん、引退なんて急すぎる。いったい、どうして⁉

鈴木菊子の会社。最近、落ち目だったもんね。ストールとかもう流行《はや》らない。ユニクロで二千円で買えるのに、素人のやつ買う人いる？

鈴木菊子、引退？

誰？　しらん。ワロタ。


そういう文章の羅列に、瑠璃華はただただ、驚くしかない。

鈴木菊子とは、いったい、何者なんだろう。

鈴木を検索し、彼女がすでに引退した実業家だ、ということを知ってから、瑠璃華はそのことばかり考えている。

実業家ということは小説を書くことはないわけだ。それなのに、なんで、自分に会いに来ているんだろう。数時間に三万円とタクシー代の一万円も払って。

さらにその時、だいたい、一人一万円以上、高い時は数万近くする食事をおごってくれる。飲み物を入れたら、二人で十万くらいすることもざらだ。

いつも楽しそうだし、穏やかだし、「あなたの話を聞かせて」と言う。

大人の関係をしなくてもお金をくれる人がいるということが最初は「ラッキー!」と感じたけど、それ以上に今は「貴重」だと気がついていた。

男というのは、老いも若きも、皆、自分の話を聞いて欲しがる。

いや、すべての男がそうなのかどうかはわからない。パパ活に来るような男がそうなだけなのかもしれない。

もう、何年も普通の男と会っていない。父親や親戚以外では、客としか話していない。その実家にも二年以上戻っていない。

男と会わないのは時間がないというのもあるし、お金をくれない男と会うのは、たぶん耐えられない気がする。時間と労力の無駄な気がして。

それに、今、誰かを好きになってしまったら、きっとつらくて他の男と寝ることはできなくなるだろうということは容易に想像できる。

人の話を聞くことは得意だと思っていた。なんの労力もいらないし、ただ、にここと笑ってうなずいて、時折、質問をはさめばいい。

だけど、鈴木に会って自分が考えていることを偽《いつわ》りなく、気兼《きが》ねなく、正直に話すこと、それを喜んでくれたり、賞賛してくれたりすることに慣れてしまい、その楽しさに目覚めてしまった。日々を過ごしていても、「これは鈴木さんに話そう」「次はこんな話をしよう」といつも考えるようになっていた。

鈴木と会うようになって初めて、自分から連絡してしまった。

――よかったら……会いませんか。

それを書くのは勇気がいった。パパ活相手にはほとんど毎日、している連絡なのに。

ＬＩＮＥは既読になったのに、なかなか返事が来ない。二十分が過ぎた時、思わず、「食事がしたいだけなので、援助はいらない」と書きそうになってしまった。

――いいわね、何が食べたい？

しかし、それを送る直前に返事が届いた。何事もなかったかのように、あっさりとしていた。相手は瑠璃華が、小説家ではないと知ったことを知らないのだから当然だが。

「……なんでも……鈴木さんが好きなもので」とまた卑屈《ひくつ》なことを書きそうになって、自分を抑えた。

――韓国《かんこく》料理とかどうですか？　新大久保《しんおおくぼ》とか行ってみたい。

たぶん、新大久保の韓国料理ならそう高いものはないはずだ。こちらから会いたいと言っているのだから、そのくらいの気遣いは必要だろうと考えた。

――韓国料理？　知っている場所はないんだけど、焼肉とかでいいかな？

――じゃあ、私が探します。

間髪《かんはつ》を容《い》れずに、食べログの情報を送った。一番高いコースでも、一人五千円ほどだ。新大久保では決して安い店ではないが、いつもの半額以下だった。

——あなたがいいのなら、いいわよ。

——予約をしておきます。

半個室という部屋を二人で予約した。

乾杯のビールのあと、意を決して瑠璃華が小説のことを尋ねると、鈴木は一瞬、下を向いたあと答えた。

「ごめんなさい、嘘だったの。小説家というのは」

「そうだったんですか」

「というか、実は、小説家になりたいな、と思っていろいろ取材しているの」

「そうだったんですか！」

「ずっと夢だったから」

「じゃあ、そう言ってくれればいいのに」

「だって、いい歳して、小説家志望です、とか恥ずかしいじゃない？　それに怪しんで会ってくれないかもしれないし」

「まあ、確かに。最初にそう言われたら断ってたかも」

「でしょう？」

思わず、声を合わせて笑ってしまった。

「でも……すみません。検索したら、仕事もやめたって。経営していた会社も畳んだって」

「ああそのことね」

「本当なんですか？」

「あの時はそういう気分だったの」

「気分？」

「ええ。なんか仕事に疲れて、本当に嫌になってしまってね。お金ももうそんなに必要ないし、やめよっかなーって考え始めたら、本当にやめたくなっちゃって」

「そうなんですか」

瑠璃華は会社経営のことはよくわからない。瑠璃香の「パパ」たちはいつもそれは大変だと愚痴っているけど、ろくに聞いてなかった。そんなに簡単にやめられるのだろうか。

「まあ、いろいろ根回ししてね。大変ではあったけど、でも、私がやめるって言ったら、皆、納得するしかない」

「でも、疲れたなら、ちょっと休むとかじゃいけなかったんですか？」

「そうね、同じようなことを言ってくれる人もいたけど……」

鈴木は首を傾げた。

「あの時はね、なんだか、どうしてもやめたくなっちゃって」

何を聞いても鈴木は、やめたくなった、としか理由を話さなかった。

「なーんだ、そういうことなんですか」

心配して損しちゃった、と瑠璃華はつぶやいた。

「どうして心配なんかしたの？」

鈴木は驚いたように、瑠璃華の顔をのぞき込んだ。

「うーん。だって、たくさん、おごってもらったし、お金もかけてもらったのに、小説家じゃないって知ってびっくりして。なんのためにあたしと会ってるんだろうって」

「そう。ちゃんと最初に説明すればよかったね。ごめんなさい」

「いいえ、いいんです」

韓国料理のコースは、まず、キムチと一緒にミッパンチャンがたくさん運ばれてきた。それをつまみにビールを飲んでいると、焼肉用の大きな鉄板がセッティングされた。店の女性がかたまりの豚バラ肉を豪快《ごうかい》に焼き上げ、はさみでちょきんちょきんと切って皿に盛ってくれた。彼女の指導で、野菜に巻いて食べる。

「おいしいわねえ。こういうの、初めて食べた」

「そうですか？」

「ええ。見た目ほど脂《あぶら》っこくないし、野菜がいっぱい食べられる」

予約してくれて、ありがとう、と鈴木は素直に礼を言った。

「あたしは結構、来ました。昔は……」

「昔？　あなたまだ二十代じゃない。昔って」

「ずいぶん昔のような気がします。学生の頃は友達とよく来ました」

「そういうことね」

今、友達はほとんどいない。彼氏と一緒に、友達もいなくなってしまった。はすみのように同じ仕事をしている女と時々、すれ違うくらいだ。

「こういうところには学校帰りとかに来たの？」

「休日にこのあたりに遊びに来て食べ歩きしたり」

「それは楽しい学生生活ね」

「でも、本当にお金が足りなくて」

以前も一度、言った言葉をまた口にしていた。だけど、そのあとのことはちゃんと説明していなかった。

「授業料と月々十万円、仕送りをしてもらってました。うちの親からしたら結構な負担だと思います。あたしもアルバイトをするつもりでした。普通の……マックとかで」

「私が若い頃も、確か、実家からの仕送りは十万くらいというのが普通だった」

「それって、何年前ですか」

「三十年前くらいかしらねえ。今とは物価がずいぶん違うけど」

今度は瑠璃華がため息をついてしまった。

「地元から出てくるまで、自分や自分の家が貧しいと思ったことは一度もありませんでした。父はメーカーの社員なんですが」

少し迷って、瑠璃華は父親が勤める本当の会社名を言った。他の社名をとっさに考えられなかったからだ。

「〇〇です」

「日本のナショナルフラッグね」

「地元で、親がそこに勤めていることは結構、すごいことだったんです。父は、大学は出てないけど、高校卒業からずっとその会社で、母ともそこで知り合って、お給料も結構よかったし、幼少期は社宅に住んでいました。ただの古いマンションだったけど、近所の人にはうらやましがられたんです。あたしは一人娘だし、親もお金をかけてくれて……でも、十万じゃ、ぜんぜん足りなかった。すぐにアルバイトを始めました。でも、学校の授業にちゃんと出ながら、月に八万を稼ぐのは大変なんだって初めて知りました。月に八十時間くらい働かないといけないから」

「そうでしょうねえ」

「最初に、友達になろうって声をかけてくれたのが、なぜか大学の下、付属から来てる子たちだったんです。その子たちは三人組で、行動するのに何かと不便だったらしくて四人目の誰かを探していたらしくて。彼女たちとはフランス語の授業が一緒で、ノートを貸したあと何回か、ご飯食べたりしているうちに仲良くなったんです。でも、彼女たちと一緒に行動するのは……、食事をするにも遊びに行くにも大変でした。こういう街に来ても、彼女たちはお金のことは意識せずどんどん買い食いするし、夜は数千円はするコース料理を普通に食べるし、一日で一万くらい普通に使っちゃうんです。最初はやっとできた友達だから嬉しくて、付属の人たちに選ばれたのがちょっと誇らしかったんですが、すぐに自分には分不相応《ぶんふそうおう》だと気づきました」

「分不相応」

くり返して、鈴木はため息をついた。

「あ、変でしたか」

「何が？」

「言葉の使い方を間違えたのかなあって、分不相応ってこういう時に使う言葉ですよね」

「最近、その言葉を女の子が使うのをあんまり聞いてないけど、すぐにすらっと言ったから、やっぱりあなたはちゃんとしたお嬢さんなんだなあって思って」

「そんな……」

瑠璃華はほっとするとともに、褒められてはにかんでしまった。

「でも気がついた時には前期の授業が終わる頃で、その時はもう一緒に行動できるような子は他にいなくて、途中でグループを離れたりしたら、ものすごく悪目立ちしちゃう」

「わかるわ。大学で友達を作るのって、楽そうでむずかしいよね。私も覚えがある」

「あとで、グループに入れてくれた子に聞いたんです、どうしてあたしに声をかけたの、って。そしたら瑠璃華はかわいいから、って。なんかそれも嬉しくて、そのグループから抜け出せなかった」

しかし、彼女たちとは卒業してから一度も会っていない。本当にただの一度もだ。

お互いの成績は知っていて、瑠璃華の方がずっとよかったはずだが、熱心な就職活動をしているようにも見えなかったのに、彼女たちは次々と一流企業への就職を決めた。東京出身で私学に幼稚園《ようちえん》から入れるような家庭の底力をあの時、もう一度、見せつけられた気がした。小さな商社にやっと入った瑠璃華とは、まるで住む世界が変わってしまった。

泣きながら彼氏の話を聞いたこともある、一緒に家族の愚痴を言ったこともある。だけど、今はすべてが夢のように無に帰してしまった。いったい、身体を売ってまでしてきた苦労はなんだったんだろうと今では思うが、それを考えてもしかたない。

「大学を卒業して、就職をする時に決めたんです。きっぱり、パパ活からは足を洗おう、もう絶対にやらないって。というか、やらなくても生活できるだろうって思ってました。会社の初任給の欄には二十万以上の金額が書かれていたし、学生時代も住んでいた中央線沿線のアパートが七万四千円の部屋だったので、十分だと思ったんです。貯金も少しはしていたし。絶対に、その金額の中で生活しようって思いました。どんなにつらくても」

鈴木は黙ってうなずいた。そのあとのことはわかっているから、下手な言葉はかけられないと思ったのかもしれない。

「だけど、びっくりしたのは、最初に振り込まれたお給料が十六万くらいだったんです」

「お給料二十万以上なのに？」

「はい。残業も結構したのに、です。もちろん、入社前にもらった就業規則には残業代も出る、月給を時給換算《かんさん》して、その一・三倍の金額になるってはっきり書かれていたんです。でも、それはまったくの嘘でした。最初の数ヵ月は何かの間違いかな？　新入社員はすぐには戦力にならないからかなって思ってたんですけど、何度計算しても残業代が入っているとは思えない金額で、やっぱり、どうしてもおかしいと思って、同じ課の少し上の先輩に訊いたんです。残業代ってつかないんですか？　って。そしたら、当たり前のように、ああ、うちはそうなんだよ、私たちももらってないから、って言われました。あたし、それ以上なんて言っていいのかわからなかった。同期の子にも聞いてみたんですが、皆、同じで、その会社では残業代がほとんど出ないことが常態化してたんですよね。誰もそれを不思議だと思ってないというか、業績があまりよくないからしかたないね、って思っているようでした。むしろ、売り上げがよくないから、残業代が出ないのは自分たちのせいだと思っているみたいでした。それがおかしいとか、我慢できないと思う人はやめるしかない」

「労働組合は？」

「一応、あるみたいでしたけど、どこで誰が何をしているのかっていうのは、最後までよくわかりませんでした」

瑠璃華はそこでため息をついた。

「というのは、とにかく、仕事が忙しくて、そういうことを調べてみようとか、誰に言ったらいいのかとか、考える暇もなかったんですよね。会社を十時頃出て、家に帰ってご飯食べて、寝て朝起きてっていうだけで終わっちゃう。土日はずっと寝て、家の掃除とか洗濯とかしていたら、日曜日の夜になっている感じで……特に一年目は仕事に慣れるというか……一日中、年上の大人と一緒にいて、仕事を学びながら過ごすことに慣れるのに精一杯で」

「忙しい上に、お金も足りなかったということだったのね」

「そうです。もちろん、こまめに自炊したり、安い食材を探したりすればいいんでしょうけど、疲れちゃってそんな気持ちになれなくて……平日のご飯はほとんどコンビニで買ってました。昼ご飯はおにぎりとかサンドイッチを買って、自分のデスクで食べてた。朝ご飯は食べなかったり、バナナとかを食べたりして。そんな食生活なのに、給料日前にはほとんどお金が残らなくて」

「まあ、しかたないわねえ」

「……それで、久しぶりに、つい、昔会っていたおじさんに連絡しちゃったんです。仕事が大変で、生活が厳しいって。その人は大人の関係もあったんだけど、嫌なこととかはしないし、結構、優しくて、おじさんにしては話を聞いてくれて、ご飯だけでもいいよって言ってくれる時もあったから。そしたら、その人が変なことはなしで、一度、ご飯でも食べる？って聞いてくれて、それで焼肉を食べに行って。久しぶりにA5ランクの焼肉を食べたら、おいしくて涙が出たんです」

　すると、鈴木がぷっと噴き出した。

「なんですか？」

「いや、瑠璃華ちゃんて、ほんと、お肉好きだなって」

「やだー、それを言わないでくださいよ」

ついつい、鈴木の肩を軽くぶってしまった。二人で声を合わせて笑う。それで気が楽になった。

「だってずっと、コンビニのお弁当ばっかり食べてたから。自炊だってひき肉とか鶏の胸肉ばっかりで」

「うふふふふ」

鈴木はまだ笑っている。

「おじさんもびっくりして、どうしたの、どうしたのって言って……今の生活を説明したら、それは絶対おかしいよって言ってくれて、人事課にちゃんと言ったら？　とか、労基《ろうき》にたれこんだら、とかいろいろ教えてくれた。自分がおかしいわけじゃないんだってわかって嬉しかったし、焼肉の味も忘れられなくて、また、おじさんたちと会うようになってしまいました」

一気に話した。

これまで、パパ活のことを話していても、どのくらいお金をもらっているとか、もらったお金をどうするかとか、それによって起きることはとか、そういうことは話せても、ここまであけすけに、自分がまたパパ活に入っていったことを話したことはなかったのに。

「でも、仕事しながらのパパ活は大学時代よりもきつくて。土日、それまで家で寝ていた時間を使わなくちゃいけないし、パパによっては平日しか会えないって人も多いから、だんだん、会社で働くのがばからしくなってきちゃって。残業代も出ないのになんでここにいるんだろうとか、会社で働いている時間、おじさんと会ったり家で休めたらもっと稼げるのにとか考え始めて、思い切って専業にすることにしました」

鈴木はなんの感想もはさまなかった。それはちょっと物足りなくもあり、ほっとする思いでもあった。

「でも、こんな生活がいつまでも続くとは思ってないんです」

気がついたら、瑠璃華はきっぱりと言っていた。

「だって、三十過ぎたらできないと思うし。だから、若い時は稼いで稼いで、お金をいっぱい貯めて、で、やめるんです」

あたし、一億稼ぐのが夢なんです、と瑠璃華はつぶやいた。

「一億」

鈴木は小さくくり返した。

力のない声だった。これまで話してきたうちで、一番、感情のこもっていない声に聞こえた。

「はい、一億。とても、無理な金額かもしれませんけど、でも、頑張ります。いつかきっと貯められると思う」

「そう。一億貯まったら、どうするの？」

「どうするかなあ？」

瑠璃華は思わず、笑顔になってしまった。

「あまりにも夢すぎて、考えられないけど、でも、できたら、本当に、すごい嬉しい」

「なんか、今日はずいぶん話してくれたよね、どうして？」

鈴木も、瑠璃華の変化に気づいたらしい。

「だって、いい本を書いて欲しいから」

「え？」

「鈴木さんに、いい小説を書いて欲しいんです」

鈴木は無表情のまま、「ありがとう」と言った。

その日の帰り道、二人で新大久保駅まで歩いて行った。これまではだいたい、レストランやホテルの前で鈴木はタクシーに乗って帰って行ったから、こうして街中を並んで歩くのは初めてのことだった。韓国料理の店の前ではタクシーは拾えず、それなら、駅まで歩きましょうということに自然となった。

駅の近くに質店があった。昔ながらの質店ではなく、ブランド物のバッグやアクセサリーばかりを置いている、若い女性向けのリサイクル販売をしている店だ。

その小さなショーウィンドーにアルハンブラの白のピアスが飾ってあって、瑠璃華はつい目が引かれた。

「何？」

鈴木は瑠璃華の視線に気づいて、そちらを見た。

「いいえ、ヴァンクリのアルハンブラがあるから。あたし、リングとブレスレットは持っているんですけど、ピアスはまだだから……」

しかし、鈴木と見てもしかたない、と歩き出した。

「見て行ってもいいのよ」

「いいえ、ピアスは買ってもしかたないですから」

「え？　瑠璃華ちゃん、ピアスの穴、開いていたでしょ」

「違うんです」

歩きながら話すようなことでもない、と思いながら、瑠璃華は言った。

「リングやブレスは、自分で見ることができるじゃないですか」

「どういうこと？」

瑠璃華は自分の手を目の前に掲《かか》げるようにして説明した。

「こうやって、自分で見ることができますよね」

「ええ」

「おじさんと会っていて、すごくつらい時、こうやって見るんです。アルハンブラがきらきら光っていると、このためにやってるんだ、この、きれいなもののためなら我慢できるって思えるんです」

「つらい時？」

「そう、ベッドの中とかで。でも、ピアスは自分では見えないから、持っていても意味ないんです」

「瑠璃華ちゃん」

鈴木は急に立ち止まった。

「はい？」

「戻ろう！　あの店に、戻ろう」

「なんで？」

「あのピアス、買ってあげる」

「え？」

瑠璃華の方が驚いた。

「だって、あれ、四十万くらいしましたよ」

「ええ。定価は？」

「さあ、たぶん、六十万くらいじゃないかな」

「じゃあ、少し安いのね。いいわ、買ってあげる。自分のためにつけなさい」

そして、本当に店まで戻って店員を呼び、「これ、いただくわ」と言ってショーウィンドーから出させた。そして、包むこともせず、直接、瑠璃華の耳に飾って、カードで支払った。

「瑠璃華ちゃんに、よく似合うわ」

改札口で別れる時、鈴木はそう言って目を細めた。

「あたし、もえって言います、本名」

「え？」

「草冠《くさかんむり》に〝明るい〟で、萌《もえ》です。佐藤《さとう》萌。こうやって会う人には誰にも話したことないけど」

鈴木は唇を引き締めるようにしたあと、「またね」と言って手を振った。


デートクラブの社長から、瑠璃華に話がある、と事務所に呼び出されたのは、それから数ヵ月後のことだった。

ピアスを買ってくれたあと、鈴木とは連絡が取れなくなった。瑠璃華からＬＩＮＥを送ると、身体の調子が悪い、という返事が来て、それから、既読スルーされるようになった。

瑠璃華は少し混乱した。だけど実際、病気になったのかもしれないし、他に事情があるのかもしれない。そうこうしているうちに少しだけ、鈴木のことを忘れかけてきた、そんな時だった。

デートクラブの社長と会うのは、初めてだった。

社長はこの世界では、伝説の人と言われているのは知っていた。もとは普通の会社で広報の仕事をしていたけれど退職し、一からこのクラブを作って大成功したらしい。

事務所の奥の個室に通された。その部屋は驚くほど狭く、簡単な机と椅子が置いてあるだけだった。普段、瑠璃華たちがクラブのマネージャーの阿部と打ち合わせをする部屋の方がずっと豪華なくらいだった。

瑠璃華が部屋に入って行くと、社長はそこに待っていた。思っていたよりもずっと若かった。三十代半ばくらいだろうか。髪形もスーツの形もおしゃれだったが、普通のサラリーマンにも見えた。少し日に焼けていたが、人工的に焼いているのではなく、ジョギングなどのスポーツで自然に焼けているような気がした。

「ご足労かけてすみません」

彼は高くも低くもない声で言った。

「はい」

いったい、何を言われるのだろうとドキドキしていた。ただ、彼らにペナルティを科されるようなことはしていない、とはわかっていた。

「実は、鈴木菊子さんのことで」

「あ、はい」

驚いた。

彼女のことは気になってはいつつも、最近、ほぼ忘れていたからだ。

「どこから話していいのか……わからないのですが」

「はい」

「鈴木さんからの案件を受けたのは私なのです。出版社からというのは嘘。以前、別の会社を運営している時にお世話になった方でね。取材に応じてくれる二十六歳ぐらいの女の子を探している、と」

「はい」

前に少し聞いた話と同じだった。ただ、わからないのは、どうして、社長みずからが瑠璃華を呼び出したのか、ということだ。

「そのあともずっとあなたと会っていたというのは驚きでした」

「でも、でも、違反はしてません。ちゃんとサポートしてもらって会ってました。阿部さんにも報告したはずです」

「もちろんです。ただ、一回か二回かと思っていたので」

「はい」

「ただの取材だと聞いていたから受けたんです。でも、どうも、それ以上のことが起きている気がして、鈴木さんに直接聞きました」

「そんな……」

「それで、一部始終を聞きました」

社長は瑠璃華の耳元を見た。

「そのピアスのこともね」

瑠璃華は思わず、自分の耳に手を当てた。

「でも、今はきちんと説明をせずに会わなくなったと。それで僕はちょっと抗議《こうぎ》したんです。それは失礼じゃないか。ちゃんと説明しないと、あの子、失礼、瑠璃華さんが混乱するだろうって。お金持ちの気まぐれに巻き込むんじゃない、と」

「いえ、あの……」

何か、よくないことが起きる気がする。何か、とても聞きたいけど、聞かない方がいいことが。

「実は、あの人、鈴木さんは半年くらい前に、旦那さんを亡くされたそうです」

「え？」

「それで、亡くなったあと、旦那さんがパパ活……若い女性と会っていた、ということに気がつきました」

「えええ？」

「それで、会ってみたくなったそうです。彼と会っていた女性と同じ歳の女の子に……彼がいったいどういう気持ちで会っていたのか、どういうことをしていたのか」

瑠璃華は思わず、両手で自分の口元を押さえた。

自分は何を話しただろう……おじさんたちにされた嫌なこと、嫌らしいこと、いったい、どこまで……。鈴木を傷つけるようなことは言ってないだろうか。

「だけど、あなたと会って話して気が済んだと。あなたには悪いことをした。謝っておいてほしい、とも言ってました。嘘をついたのは悪いけど、あの人もずいぶん傷ついていたのだろうと思う。でも、それにあなたを巻き込んだのはよくなかったって言ってました。怒っていますか？」

「いいえ」

首を振って、でも、尋ねずにはいられなかった。

「また、会えませんか？　一度だけでいいから、鈴木さんと」

社長は首を振った。

「ごめんね。たぶん、あの人もまだ混乱しているんだと思う。しばらくそっとしておいて欲しいと言われました。ただ、あなたの言葉は伝えておきます」

「わかりました」

瑠璃華は、萌は……クラブが入っている、港区《みなと》のビルから出た。日差しが強かった。日傘を開くと、くらりとめまいがして転びそうになった。

だけど、歩き出さなければならない。

自分には、自分の人生と目標があるのだから。

第五話　月収三百万の女

鈴木菊子（52）の場合

ぽち、ぽち、ぽち、ぽち、ぽち。

鈴木菊子《すずききくこ》の朝は、コーヒーを飲みながら、スマホの証券会社アプリをチェックするところから始まる。

自宅がある武蔵小杉《むさしこすぎ》のタワーマンションの一階に入っているコーヒーショップには、ふくよかなコーヒーの香りが漂っていた。

スタバより高く、ルノアールより安い。

なんだか、やけに古くさい、明治時代の文士みたいな男の名前が付いている店だ。それが創業者《そうぎょうしゃ》の名前なのか、ただの趣味なのか、時々疑問に思うけど、まだちゃんと確かめたことはない。家から近いこと、コーヒーがまあまあおいしいこと、平日の午前中はほとんど人がいないから来ているだけだ。

毎朝、店で一番安いブレンドコーヒーの真ん中のサイズを頼む。つまり、店で二番目に安いものを飲み、保有する株価をチェックする。最後まで飲みきることはほとんどなく、本当は一番小さいサイズでもいいのだけど、真ん中のサイズを頼むのは、やはり、ある種の見栄のようなものなのかもしれない。それでも飲み残したコーヒーは持ち歩いているマグに詰め替え、家に持って帰って、沸かし直したり、牛乳を入れたりして飲み、無駄にはしない。節約というのではなく、限られた資源を無駄にするのが嫌なのだ。

昔……数年前まではこの店でよく仕事をしていた。当時はそこそこの会社を経営していたけど、その頃のことを思い出すことはほとんどない。ただただ忙しく、飛ぶように月日が経っていった。ここで飲むコーヒーが唯一の息抜きだった。三十代と四十代がそれで消えていった。

菊子の株式投資は、他の人が株について思い描いているような、賭《か》けの要素や投機的なところはあまりない。さらには専門的な知識もほとんどいらない。

証券会社のアプリやサイトを使って、配当利回りが高い株を調べ、その中で聞いたことがあるような会社……多くは財閥系のMやS、大手自動車会社のTなどの名前が付いている株を買う。できたら利回り四パーセント以上のものがいい。そして株の利益が年間配当金の十倍以上になったら売る。

例えば、現在、M商事は百株三十三万円ほどで、年間一万円の配当がもらえる。利回りにすると三パーセントくらいだ。これを配当金の八倍から十倍くらい上がったところで売る。四十万か四十三万というところだろうか。

特に企業を研究したり、財務状況を調べたりもしないが、ほとんどの株は半年から数年間でそのくらいにはなる。特にコロナが収まってからは、世界的に株高だし、アメリカの有名な株式投資家が日本株は買いだと言ったとか言わなかったとかでどんどん上がっている。さらに、二〇二四年からは新NISAが始まり、新規の投資家がどっと増えた。

新人投資家の間で高配当株投資が流行ってきそうだ、ということはわかっていた。ネットでは高配当株投資をうたうインフルエンサーが人気だったし、書店でも株式関係の棚にそういう本が山積みになっていたからだ。

一般的な高配当株投資の多くはやはり、配当利回り三パーセントから五パーセントくらいの好調な企業の株を買い、長期保有することで、配当金をもらうことを目的としているらしい。将来的には、その収入を年金生活やＦＩＲＥ（経済的自立と早期リタイヤ）生活の足しにするのだろう。

新ＮＩＳＡが始まれば、きっとにわか投資家がどっと市場に参入し、日本株は上がるだろうという、予想というほどでもない菊子の考えは当たり、半年ほど前に買った株はおもしろいほど上がっていた。

正直、新ＮＩＳＡが始まってから買ったんじゃ遅い、と菊子は思う。こうなることは誰にでもわかっていたのだから、その前に買わないと。昨年買った株を今はもうほとんど売ってしまった。

高配当株投資とか言って浮かれている人たちは、五年後、十年後、その会社が潰れもせず、同じ配当金を出してくれると信じているのだろうか。どんなに業績が良いと発表している会社でもそれは嘘かもしれないし（粉飾《ふんしょく》決算というやつだ）、半年後には下方修正されるかもしれない。ポートフォリオを読み込む暇があったら、自分の本業を頑張った方がいいと、菊子は思っていた。投資はある程度までは入金力、持っているお金の量で決まる。たった五万しか持っていなかったら、どうして自由に投資できるだろうか。五億あれば将来有望そうな株が少しばかり下がっても長期保有できるだろうが、五万しかなかったら、二十パーセント下がっただけで怖くなって売りたくなるだろう。

そんなことは誰にも言いはしないし、話せる相手もいないが、菊子は会社が十年間も安泰《あんたい》だなんて信じていないから、自分が決めた株価まで上がれば、なんの感情もなく売る。今朝はアメリカの利上げのニュースが入り、ＮＹダウも日経も下げている。売りを入れる株もなく、菊子は早々に飽きて、日本株からは目を離した。

今朝、所有株は前日比で百万程度値《ね》を下げている。投資信託はチェックしていないが、同じようなものだろう。今度は米国ＥＴＦを主に買っている証券会社のサイトを開いて、適当に買いを入れた。こちらは今夜、自動で買い付けを入れてくれるはずだ。

菊子はコーヒーを飲んでため息をついた。

だけど、それは自分の金融資産が昨日に比べて二百万近く減っているからではない。株は安くも高くもなる。安くなったら買い、高くなったら売る。それだけだ。

株は死んだ夫がやっていたから、それに話を合わせるために買っていたに過ぎない。どれだけ儲かっても、おもしろいと思ったことはほとんどない。


亡夫とは菊子が二十六の時に、上司が連れて行ってくれた取引先との会食で知り合った。菊子と付き合い始めたあとに、彼は前妻と離婚し、勤めていた商社を退職した。上司に勧められた見合いで結婚した相手だったから、筋を通したらしい。当時は一人息子もいるのに離婚するなんて、と会社内でかなり非難されていたから、いづらくなったのもあるのだろう。とはいえ、菊子と知り合う前から彼らの結婚生活は破綻《はたん》していたとは聞いていた。でも前妻は離婚する気はなかったようだから、言い訳にはならない。

前妻には住んでいたマンションを渡し、当然、一人息子に十分な養育費もずっと払い続けた。

菊子と結婚してから、夫は不動産会社に営業職として再就職した。畑違いの業種ではあったが、そのぐらいしか入れる会社はなかった。バブルがはじけたあとで、不動産業界は焼け野原のような状況だった。最初は社風の違いや、強制的なノルマにかなり戸惑っていたが、次第に持ち前の如才《じょさい》なさを発揮《はっき》して、猛勉強の末に宅建《たっけん》の資格も取り、いつの間にやら社内で営業トップの成績をとっていた。

五十を過ぎて退職し、自分の不動産会社も立ち上げた。

菊子は自分のせいで夫が前職をやめたことに、ずっと引け目を感じていたし、前妻や息子には罪悪感を抱いていた。だから、夫がすべてを失っても自分が食べさせてやろうというくらいの意気込みで結婚し起業したのだが、夫はあっけないくらい、社会や人生をすいすいと生き抜いていった。

菊子の罪悪感は行く当てをなくし、子供を作らないことくらいしかできなかった。あとはただ、この人の老後の世話は私がしっかりしなきゃ……と思って、事業を清算までしたのに、夫は膵臓《すいぞう》ガンであっさりと死んだ。

あと半年の命、と言われてから、夫はただただ、自分の会社や財産を、菊子と息子に残すことに奔走《ほんそう》した。

骨に皮膚《ひふ》が張り付いたような顔で、財産分与と会社の経営譲渡《じょうと》ばかりを考えている様子は鬼気《きき》迫るものがあった。

しかし、朝に夕に彼の意見は変わった。ある朝は、会社のすべてを菊子に渡したいと言い、翌夜には、やはり、会社のナンバーツーであった後輩の男に社長を任せようかと言い始め、翌朝目覚めると、やっぱり、長男にやらせた方がいいのか、と悩み始める。

その様子は、すでに「ここまできたら生についての未練はない」と言い切った男の最後の本心が現れているのかもしれない、と菊子は思った。

別れた時、小学六年生だった息子はすでに三十代後半近くになっていた。あまり父親には似なかったようで、小さな物流会社で係長か何かの役職に就いていた。彼にもすでに妻と二人の娘がいた。

菊子たちが住んでいる武蔵小杉のタワーマンションに来てもらって、余命宣告を受けたという話をした。その時は、自分には社長の椅子は荷が重いと言っていたのに、話を聞いた母親と妻から強く勧められたらしく、次に会った時は、「やっぱり、僕には会社を継ぐ権利がある」と主張しだした。

妻と母親の言いなりになっている義理の息子を見て、自分の方がまだましだと思ったけれど、結局、夫も本心では息子に継がせることを望んでいるようだったので、菊子は夫の会社からは手を引くことにした。

その代わり、不動産の中で一番条件もよく、返済もほぼ終わっている、渋谷《しぶや》の一棟ビルを相続した。十年以上前、不動産景気が冷え切っていた時に購入したもので、ほとんど手間もかからず、月に二百万ほどの家賃収入がある。管理は不動産管理会社に任せ、売れば五億以上になる物件だ。

他にも夫から受け継いだ株や投資信託などの有価証券があり、それと自分の金融資産を合わせて、月々、百万以上の収入もあった。

そういうわけで、今、何もしていないのに、菊子の口座にはひと月に三百万ほどの金が振り込まれる。年収にして四千万弱。税金関係はすべて税理士に頼んであるが、だいたい、半分に少し足りないくらいの金が税金として差し引かれる。

それでもこのくらいの収入があると、少し使ったくらいでは、お金がぜんぜん減らない。

菊子は店で二番目に安いコーヒーを飲みながら思う。

何もすることがない、と。


十一時半を過ぎた頃、カフェは少しずつ人が増えてくる。そのあたりが潮時《しおどき》だった。

菊子は店員に軽く挨拶をして自分の部屋に戻った。ただ、エレベーターで三十九階まで上がるだけだが。

二重に付けた鍵《かぎ》を開けて部屋に入ると、まずキッチンに行って冷凍庫からご飯を出して電子レンジに入れ、温めた。その間に手と顔を洗い、部屋着に着替えてエプロンをつける。

ガスレンジに小さめのフライパンを置いてごま油を小さじ一杯くらい垂らし、その上に生卵を割る。中火で一分焼いて白身が固まってきたら火を止めて蓋《ふた》をかぶせ、そのまま三分放っておく。レンジで温まったご飯を飯茶碗に移し替えて、上に鰹節《かつおぶし》をのせ醬油をかけた。

冷蔵庫からトマトを出して、包丁でくし形に切って皿に盛る。

フライパンの蓋をとると、白身には火が通り、黄身は美しい黄色の目玉焼きができている。それを茶碗にのせた。

「いただきます」

生前、夫が知り合いの家具店に注文した大きな一枚板のテーブルで、トマトと目玉焼き丼《どん》を食べた。

ここのところ、食事はほとんど同じものを食べている。朝は買い置きのバナナを一本食べ、昼は目玉焼き丼。夜は人からの誘いがあれば食べに行くこともあるが、それ以外はまた、同じように目玉焼き丼を作って、別の野菜と一緒に食べる。

「おいしい」

白飯にとろりと黄身が垂れたところに、鰹節と醤油が混ざった部分を口に入れると、自然とその言葉が漏《も》れた。

毎日、同じ食材、同じ作り方、同じ味の食事が菊子を生かしている。

夫が死んだばかりの頃、お腹が空いた時に食事をしようとしていたら、いつまでも空腹にならなくて、みるみる痩《や》せてしまった。別にそれでもかまわないのだが、人に会った時心配されたり、事情を聞かれたりするのが面倒くさくて、とにかく、決まったものだけは食べようと思った。この献立《こんだて》には、タンパク質、糖質《とうしつ》、ビタミン、食物繊維《せんい》、すべてが含まれている。

これだけ食べていれば死にはしないだろう。まあ、死んでもいいのだが、今、自分が死んだら、どこにも行く当てのない資産はどうなるのだろう。夫の息子たちがなんらかの権利を主張するかもしれないと思うとあまりいい気はしない。

彼が、受け継いだ会社で卑屈にいばったあげく、早くも潰しそうになっているという連絡を少し前に副社長となった元部下から受けていたけれど、菊子にできることは何もない。

コクのある黄身をご飯にからめて食べていると、昨夜のことを思い出した。

「瑠璃華《るりか》のお母さんは、瑠璃華がパパ活していることは、知ってるんですか?」

驚いた顔をしたのは、トイレの個室を出たところで、目の前に下着のような服を着た女性が立ちはだかったからで、言葉の内容のせいではなかった。

しかし、それでよかった。もしも、その表情ができていなかったら、相手に不審に思われただろう。

「あなた、さっきの……」

「はすみです」

内心、まいったな、と思った。このあとの表情はどういうものが正解なのだろう。当然、平然とするわけにはいかない。もちろん、地方から出てきた、ある程度、ちゃんとした家の母親（自分が相手からそう見えるだろうということはわかっていた）が、娘が売春をしているということを聞かされて、ショックを受けないわけがないからだ。

とはいえ、この見た目も内面も下品な女にショックを受けた表情を見せて、喜ばせるのもしゃくにさわる。

「パパ活ってなんですの？」

彼女を軽く押しのけて洗面台のところに行き、手を洗った。そうしながら、頭は次に言うことを考えていた。自分の言葉遣いが、ゆっくりと彼女を拒否しているのを感じる。

「えー、パパ活、知らないんですかあ？　男の人と会ってえ、ご飯を食べたり、大人の関係したり」

そこで彼女は自分が口にした、「大人の関係」という言葉の意味が伝わっていないのかと心配になったようだった。ちらっと上目遣いにこちらを見た。

「大人の関係っていうのは、あの、ホテルに行ったり」

「あなたがご一緒されてる男性は、そういう方なんですか？」

男性というのを、殿方《とのがた》、と言おうかなと思ったけど、さすがにやりすぎだろうと思ってやめた。

「え」

自分が反撃されるとは思わなかったんだろうか、はすみはアイメイクの濃い目を見開く。

「あの人は……友達です」

「あなたには、お年頃も見た目も似つかわしくない方とお見受けしましたが」

「そんなの、あたしの自由でしょ」

確かに、と菊子はうなずいた。

「自由だったら、どうして、あなたは娘のことを、わたくしにおっしゃるんですか？」

「どうしてって……」

「あなた、つまり、うちの娘が売春をしていると言いたいんですの？」

芝居《しばい》がかった言葉遣いがなんだか、楽しくなってきてしまった。

「娘をそんなふうにおっしゃる、あなたは、いったい娘のなんなんですか？」

「あたしは……時々、瑠璃華と会ってて。友達です」

「友達の親にそんなことを言うのは、真のお友達とは言えないわね」

「……だから、あたし、教えてあげようと思って。瑠璃華さんが大変なことになってるってお母さんに」

はすみがやっと反撃する。

「あらそう、ありがとうございます。だけど、うちのことはおかまいなく。じゃあ、あなたも売春をしているの？」

彼女が下を向いたのを見て、少しだけ申し訳ないような気持ちになった。自分がこの子を叩きのめしたくなったのは、決して、彼女のせいではない。

誰かの代理なのだ。

「あなたが何をしようとあなたの自由です。だけど、そんなことをお友達の親に言う、あなたのお気持ちの方が、わたくし、心配だわ」

「嘘じゃないって……」

面倒になって、菊子は自分のバッグを開けた。今日はあまり現金を持っていなかったはずだ。瑠璃華に渡すお金は別にして封筒に入れてある。

財布を出して、三万円を数えた。

「これ、差し上げるから、もう、今日はタクシーでお帰りなさい。あんなおじさんの言いなりになることはありませんよ」

はすみは心から驚いたようで、でも三万円はしっかり握りしめて、ぽかんと口を開けた。

「あなたのお母様もきっと心配していらっしゃるわよ」

「親はいません」

急にはすみがしっかりしたことを言った。

「あたし、施設で育ったから」

「あらそうですか。すみませんが、もう、失礼していいですか。ごめんあそばせ」

そして、トイレを出てきた。あのあと、すぐ店を出たから、彼女がどんな表情でトイレから出てきたのか、見もしなかった。

あれでよかったんだろうか……菊子は考える。あと、二万くらい足してやればよかったか。

いや、財布にあった現金、全部をくれてやればよかった。自分はああいう時、存外ケチなのだとちょっと呆れもした。

ああいう人にはお金しか効き目がないのだ。お金しか信じてない。お金でなら話が早い。今頃あの子は、こちらをさげすむ理由を必死に探しているかもしれない。あんなおばさんに、あたしがバカにされる謂《いわ》れはない、と怒っているかもしれない。それとも思いがけずもらった三万円に喜んでいるだろうか。

驚いた顔をしてみせたり、最後まで、瑠璃華の親として振る舞ったりしたのは、彼女の友達と名乗る女との関係性をどこかで思いやっているからではないか。

自分の気持ちに、菊子は驚いた。

なんの関係もないのに……。

あの、はすみという子は、瑠璃華の本名を菊子が知らないということにも気がつかなかったようだ。

瑠璃華との関係をもう少し考え直した方がいいかもしれないな。

菊子は、黄身がこびりついた茶碗を食洗機に入れながら自分の行動を反省した。

瑠璃華やはすみと会った翌週、いつものように朝の株価チェックのあと、SNSを眺めていてそれを見つけた。

本名でのアカウントは削除していたが、新しく、匿名《とくめい》アカウントを作ってあった。アカウント名は「武蔵杉子《すぎこ》」。

元の業界から足を洗っているからそちらには興味がない。基本的には、投資家……株式投資、不動産投資、インデックス投資……などを選んでフォローしていた。

投資家はシンプルでいい、と菊子は思う。

基本、お金になるかならないか、なったところでそれが自分の働きにペイするかどうかというのが行動の基準だからだ。投資や消費は常に出口……つまり、いつ、いくらで手放すかが見通せるものにしかしない。それができないなら、ただ同然で捨てられるものしか買わない。とてもわかりやすい。

その中で、ある若い不動産投資家の投稿が目に留まった。


昨年立ち上げました「次世代の星チャレンジ」、なんとか軌道《きどう》に乗せることができましたが、依然、さまざまな物資が不足しております。

自分で始めたことですから、金銭的援助や寄付を募るつもりはありません（もちろん、いただけるならぜんぜんウェルカムです！）が、よろしければ、物品援助のご協力をいただけないでしょうか。

皆さんのところで、余っている食品はありませんか？　もしくは、ふるさと納税の寄付額が限度額に達していない方はいませんか？　それを使って返礼品のお米などを転送していただいたり、持参していただけたらありがたいです！

不足しているもの
米（無洗米ならなお可）、肉、魚、野菜、また、缶詰など保存できる食品。

以前、新宿区のおんぼろビルを買った時、店舗部分の厨房《ちゅうぼう》に残された業務用冷蔵庫を引き取ってありますので、生ものもどんどん冷凍できます！　ただ、生ものを持ってきくださる時は事前にご連絡いただけるとありがたいです！

そして、投稿フォームとメールアドレスが貼り付けられていた。

「タケト」と名乗る、彼のアカウントには見覚えがあった。青い空を背にして、日焼けした浅黒い顔と白い歯の写真が印象的だ。

彼はもともと、郊外でボロ物件を十万以下の値段で買って自分でリフォームし、貸し出したり、転売したりすることで一旗揚《ひとはたあ》げた人物だった。最近はボロ物件はほとんど売り、そのノウハウで不動産投資教室を開いたり、都内に物件を買ったりしているらしい。

その容姿と投資スタイルはうさんくさい経営者のようで少し気に入らなかったが、数ヵ月前、彼が始めたボランティアには好感を持っていた。

僕自身がたくさんの人とご縁を得て、なんとかやってこれたから、今後は少しずつ世の中にご恩を返していきたい。僕が今、気になっているのは、児童養護施設出身の子たちが、十八歳で退所する時、強制的に自立させられることです。

人にもよりますが、ほとんどの子は高校までは通っていても、普通の家庭なら自然に学ぶことができるはずの、生きるためのノウハウを知りません。ご飯の作り方、家事、お金の使い方、人との付き合い方……当たり前のことがわからずに右往左往します。中には、そこで怪しい輩《やから》に騙されて、つまずいてしまう子も。そういう子たちが自由に出入りできて、大人になるための勉強ができるような場所を作りたいのです。

「たくさんの人とご縁を得て」「ご恩を返す」とかいう、若手起業家特有の言葉遣いはやっぱり、あまり好きになれなかった。でも彼自身も恵《めぐ》まれない環境で育ち、成功するまでずいぶん苦労したことは嘘ではないようだ。

「ふるさと納税か……」

菊子も不動産からの収入があり、そこには税金がかかるから、ふるさと納税を使うことはできる。また、以前、社会勉強程度に地方の特産物などを取り寄せたことがあった。

久しく開けていない、ふるさと納税用のアプリをタップし、自分の年収を入れて計算してみると、ざっと百五十万近い金額をふるさと納税で使うことができることがわかった。この少しだけ怪しげな、自称若手投資家だか起業家を、今のところ全面的に信じるわけではないが、自分が今後も使う予定のない、ふるさと納税の枠をちょこっと使って彼らに寄付するくらいなら、なんの損もないだろう。

菊子は、彼の投稿フォームを開いて、書き込みをしてみた。

はじめまして。杉子と申します。いつもタケトさんの投稿を見せていただいています。児童養護施設の子供のことについて、タケトさんのような観点から、問題を考えたことはありませんでした。確かに、幼い頃から施設で育った子供たちが日常的な常識を知らずに……

そこまで書いたところで、ため息をついて半分ほど消してしまった。こんなにくどくど書くことはない。

はじめまして。いつもタケトさんの投稿を見せていただいています。ふるさと納税の返礼品を寄付させていただきたいと思いますが、どのような品物が不足していらっしゃいますか。また、どちらにお届けしたらよいでしょうか。

するとすぐに返事が来た。

ご連絡、ありがとうございます！　お品物はもう、なんでも嬉しいです。お米や缶詰など、比較的、賞味期限が長いものがありがたいですが、なにしろ食べ盛りの子が多いので、肉や魚もありがたいです！　本当に嬉しいです！


菊子は返事を書く前に、添えられていた住所を確認した。

以前の投稿では、彼が郊外に買った古い一軒家を利用している、と書いていた。再建築不可で、築六十年以上だが、駅から十分以内の物件を見つけたのでそこを使う、と。賃貸でなく、古くても購入したところに彼の意気込みを感じた。

菊子はネットの「登記情報提供サービス」にアクセスし、三百三十一円を払って、彼が示した住所を調べた。すると実際に、「金原岳斗《かねはらたけと》」という人物の持ち物だとわかった。

少なくとも、物件購入は嘘というわけではなさそうだ……。

少しほっとして、菊子はまた、ふるさと納税のアプリを開き、適当に米と缶詰を選んだ。缶詰はツナ缶とサバ缶にした。どちらもそのままでもアレンジしてもおいしく食べることができるだろう。それらを注文し、送り先を彼の住所にしようとして、ふと考えた。これをそのまま送ってしまうと、もしかして向こうに自分の本名などの情報がわたってしまうのではないか……彼が少なくとも登記上は嘘をついていないことはわかったが、自分のことは、今はまだ知られたくなかった。

とりあえず、それらの品は自分の家に送ってもらうことにした。

一ヵ月ほどで寄付先の自治体から品物が届いたので、自らの手でタケトの家に運ぶことにした。直前に連絡し、家の前に置いておけば問題ないだろう。そこで、家の様子も見ることができるはずだ。

幸い、菊子が住んでいるところから、電車一本、二十分ほどで行ける場所だった。

米十キロと缶詰四十八缶をスーツケースに詰めて家を出た。ぎゅっと詰めると、一人旅用のものにちゃんと入った。武蔵小杉駅はエスカレーターがたくさんある。それでも、重たいスーツケースをずるずると引っ張って歩くのは楽ではなかった。

平日昼間の下り電車は空いている。大きな荷物を横に置いて、一人で乗っていると、なんだか不思議な気持ちがしてきた。かたわらにある銀色のスーツケースを改めて見る。ブランドはリモワだ。夫と一緒にこれを引っ張って、さまざまな場所に行き、傷だらけになっている。それもまた味だ、と以前は嬉しかった。

彼が元気なうちは年に一度は海外旅行に行っていたっけ……。しかし、わずかでも夫のことを思い出すと、自然と別の苦い感情がわきあがってきた。

夫が若い女と会っていたと知ったのは、彼が亡くなる少し前のことだった。病室に入っても手放さないスマホだったが、最期、意識がなくなったあと、それが震えているのを見た。

ねえ、けんちゃん、大人、五万でどうですか？

そんな一文が、意識のない夫の横にいる時に画面に浮かび上がって、すべてを悟った。これまで一度もしていなかったこと……彼のスマホを調べてみた。パスワードが菊子の誕生日だということは前からわかっていた。LINEのアプリを開いて彼女からのメッセージを見ると、既読がついた。「りか」という女だった。するとすぐに連絡がきた。

よかったー。けんちゃん、ずっと既読にならないから、心配してたんだ。体の調子が悪いって言ってたし。

菊子は一つ深呼吸をして、メッセージを打った。

りかって、今、いくつだっけ？

え、なに？　急に。

二十六だよ。

二十六……自分が夫と知り合った年齢だった。

不倫よりも浮気よりも、若い女を買っていたということよりも、そのことが一番、神経にこたえた。


武蔵小杉から南武線で二十分ほどの駅で降りて、銀色のスーツケースを転がしながら、彼らのシェアハウスまで行った。

その家は細い道の先の一番奥、袋小路の突き当たりにあり、いわゆる旗竿地《はたざおち》と呼ばれる場所だった。家は確かに築六十年はあろうか、という古い日本家屋だ。とはいっても、決しておしゃれだったり、由緒《ゆいしょ》を感じさせたりするものではなく、濃い茶色のトタン板のような壁と屋根の、ただただ古いだけの家だった。亡夫の仕事の関係で、多少は不動産の知識のある菊子が見ても、あまり価値のない土地建物に見えた。

門と玄関の間に狭い庭があって、枯れかけたあじさいが植えられていた。音を立てないように門を開き、玄関の前でスーツケースから米と缶詰を出した。

そして、メールで、「家の前に食品を置いておきました」と連絡して、そっと去った。

電車に乗ってまた家まで戻る間に、タケトから返事が来た。


ご援助、ありがとうございます！　僕はいなかったのですが、係の者が受け取りまして、大変感謝しておりました。こんなにたくさん、と驚いていました。本当に、本当にありがとうございます！

文章が多少、子供っぽい感じはしたけど、感謝されて悪い気はしなかった。それで、すぐ返事を書いた。

ふるさと納税の限度額はまだ余っているので、遠慮なくいってください。また、他に必要なものがあったら、ご連絡いただければもらっておきます。最近は申し込むと、すぐに送ってくれる自治体も増えているようです。

本当にありがたいです！　あまり甘えるのも申し訳ないのですが、また、何かありましたらよろしくお願いします！


その返事は思っていた以上に、菊子を満足させた。

瑠璃華には高価なピアスを買ってあげてから、なんだか、会うのが怖くなってしまった。急に本名を教えられて、驚いたというのもある。

彼女のような人たちは、昔の知り合いを通じて探してもらった。パパ活をしている人を取材したいと言って……自分でもなんであんなことをしたのか、わからない。

本当はきっと「りか」という女を捜したいのだろうが、そして、自分の人脈やお金を使えばそれも可能だっただろうが、そこまでの勇気は出なかった。

二十六歳にしぼっても、かの事務所には六人の候補がいた。

事務所の代表との打ち合わせの時に、「こんなの、本当の歳かわからないわよね」と軽口を叩いたら「いえ、運転免許証かマイナンバーカードを提出させて、本当の年齢を確認しています。そこのところは男性が、大人の交際に至るかという点と同様、一番重視する点ですし、アプリやSNSでなく、うちのような事務所を通じて相手を探す時の重要なポイントになりますから」とにこりともせずに説明された。

「大人の交際に至らない……ただ、食事や会話だけで関係を長く続ける、ということもあるんですか？」

「一回や二回の食事程度ならあるかもしれませんが、うちの事務所ではほとんどない、と聞いていています」

そして、彼は何かを隠すかのように、目を伏せた。

「そして、ほとんどの子はその日のうちに大人の交際に至ります。と聞いていています」

彼女たちの資料を見せてもらって、適当に（あくまでも適当に）三人の女性を選んで会った。

瑠璃華以外の女性とは一度しか会わなかった。なぜ、瑠璃華とだけは何度も会ったのか……。

「その日のうちに大人の交際になることはありますか？」

「あります。それは……つまり、あたしはお金が目的ですから」

そう明言したのは彼女だけだったからだ。その正直さを信じたし、どこか、痛々しさも感じた。

端的に言うと、私はあの子が好きだったのだろうか。

菊子は、今は空っぽのスーツケースを見つめながら考える。

こうして、ただただ、さまざまな「金銭的な」「好意」を振りまいていることで、自分はなんとか生きている、そんな気がした。

そして、どこか、心の片隅に「私は夫を亡くして、さらに彼の不貞も知って、とても傷ついた女なのだ。だから、何をしようがかまわないじゃないか」というようなふてぶてしい善意が居座っていた。

はすみにあんな態度をとったことも思い出すと後悔しそうになるが、自分は傷ついたのだ、とそれを押し込める。

瑠璃華は定価で六十万のピアスを手に入れた、シェアハウスの人たちは数日分の食べ物を手に入れた、はすみには三万円をやった。

それが偽善《ぎぜん》だとしても、誰かのプラスになるのならいいじゃないか、とまた、図々しく考えるのだった。


タケトのシェアハウスには、それから数回、食べ物を運んだ。

米、缶詰、調味料などの他に、一度は北海道産とうもろこし二十本がぎっしりと入った段ボール箱を差し入れたこともあったが、まだ、生ものを置いたことはなかった。季節はすっかり夏、気温と湿度が高くなってきていて、家の前に置くのは心配だからだった。生ものを渡すには彼らと顔を合わせなければならないから、肉や魚を求められても、ＳＮＳを見ないふりをしていた。

平日昼間のシェアハウスはいつもひっそりと静かで、誰かがいる気配や人が出入りしている様子を感じることはなかった。

関東に、梅雨明《つゆあ》けのニュースが流れた日のことだった。また、米などを置いたあと大きなスーツケースを押して歩いていると、四十代くらいの、日傘を差した女性とすれ違った。百七十センチはある大柄な女だ。菊子は身体をはすにしてよけ、目を伏せ軽く会釈をした。

「もしかして、杉子さんですか⁉」

急に声をかけられて驚いた。自分のアカウント名を忘れて、「違います」と言いそうになった。

「いつも、お米の差し入れをしてくださる方ですよね⁉」

いいえ人違いです、と言って去ることもできたが、振り返るとシェアハウスの前に大きな米袋があった。あまりに否定するのもおかしな人と思われるかもしれない。

「……はい」

小さくうなずいて、私はこれで、と言いながら去ろうとした。

「よかったら、お茶でも飲んでいってください！　ちょっとお話ししたいこともあるので……」

「いえ、あの」

「冷たい白ワインがあるんです。よかったらご一緒に」

もう、駅の方に身体は向いていたのだけど、その言葉に、思わず、微笑んでしまった。

「ねえ、いいでしょう」

朝から不快指数の高い日だった。冷たい白ワイン、という言葉と、それをとっさに言う女にどこか引かれた。おもしろい人だと思った。

「わかりました」

「本当に、いつもありがとうございます」

中に入って、自分はこの家をちょっと見たかったんだ、と気がついた。入ったところが今風に言えば広めのダイニングキッチン、ありのままを言えば、台所と食事部屋になっていた。ガラス戸のついた食器棚が置いてあって、寄せ集めのような食器がぎっしりと入っていた。食器だけでなく、家具や家電すべてが寄せ集めのような、統一感のない色とスタイルだった。まるで、帰省した祖父母《そふぼ》の家のようだ、と菊子は思った。

「すみません。片付いていなくて……」

「いえ」

「子供たちは、仕事に行ってます」

「はあ」

彼女が恐縮するほどに散らかっているわけではなく、かと言って、誰も使っていないように見えるほど片付いてもいない。

菊子は勧められるまま、食卓の椅子に座りながら、この部屋に好感を持った。

白ワイン、と言っていたのに、彼女が最初に出したのは、氷入りの麦茶だった。それを飲んでいると、彼女は大きなステンレスの冷蔵庫から、舞茸《まいたけ》のパックを出し、皿にちぎって並べて、塩こしょうを振って冷凍庫から出したピザ用チーズをかけ、オーブントースターに入れた。

「あの、お構いなく」

「いえ、何もなくて申し訳ないんですけど、よかったらお昼も食べていきませんか」

「いえ、そんな……」

そう言っているうちに、彼女は厚揚《あつあ》げを出し、フライパンの上で焼いて、鰹節と生姜《しょうが》醬油をかけた。それから、紙パックの白ワインとグラスを出してきた。

「カルディの紙パックですけど、ちゃんと冷やしておくと結構、おいしいんです」

「そうですか」

グラスはワイングラスの脚を切ったようなステムレスの形で、そこまで薄づくりではないが、ちゃんとワインに合った型だった。確かに、紙パックにしては白ワインの味は悪くなく、すうっと喉を通って胸を熱くした。すべてに飾りがなく実用的で、理にかなっていた。

「……私がずっとここで、彼らの世話と言いますか、寮母というか、そういうのをしています」

「あの、失礼ですが、お名前は……タケトさんとはどういう？」

「あ、ごめんなさい」

彼女は両手で口を押さえて笑った。

「タケコって呼ばれてます、ここでは」

「タケコ？　タケトさんとは……」

「ふふふ、タケトは弟で、表立った不動産業は弟がやっています。私はそれと、この事業を手伝っているんです」

「そうなんですか」

「不動産業界で、女ってわかると変な人に絡まれることも多いんで、弟を前面に出しています」

「なるほど」

タケコは問わず語りに自分のことを話し出した。

自分たちの母親が家事や育児が苦手で、たびたび施設に一時的に預けられたこと、両親は彼女が中学生の時に離婚したこと、二つ下のタケトを守ることばかりを考えていた子供時代だったこと……。

「たぶん、母は今で言う、発達障害だったんでしょうね。悪い人ではなかったんですが、子供のことまでは手が回らないって感じで。幸い、父の収入は悪くなかったし、両親の実家が裕福だったので、なんとか生きてこられましたが」

今、お母様は？　と尋ねる前に、母は十年ほど前に死にました、とタケコはさらりと言った。死因は言わなかった。

「家庭というものに憧れがあって、私も短大卒業後、すぐに結婚して娘もできたんですけど、うまくいかなくて」

どうしても気の合わない夫と離婚したあと、シングルマザーのタケコは収入を増やすために心機一転、宅建の勉強をして、資格を取ったと言う。

「半年くらいかな……不動産会社でパートをしながら、死ぬ気で勉強しました。それで、不動産業を始めて、弟も巻き込んで」

菊子も知らない業界ではないので、うなずいた。宅建の資格があればある程度の収入が見込めるので、取得する女性はわりといる。

「そういうわけで、施設の実情はちょっと知っているんです。それでこんなことを始めました」

タケコは自分のことを話すばかりで、菊子のことはほとんど聞かなかった。ただ、「主婦でいらっしゃるんですか？」とだけ聞いた。

「ええ、まあ」

言葉を濁しながら、うなずいた。

「そうですか！　じゃあ、お願いがあるんですが」

「なんですか」

「週に何日でもいいので、お時間のある時にここに来て、子供たちのために晩ご飯を作ってもらえないでしょうか」

「えええ？」

「幸い、だんだん支援も整ってきて、杉子さんみたいに物資を寄付してくれる人もいるし、他の寄付もあり、現在、四人の子供……まあ、十八歳を超えてますから、大人なんですけど、便宜上子供って呼びますね。四人も入ってくれて、なんとかやってますが、私もこれだけじゃなくて、自分の仕事もあって毎日、来られるわけじゃなくて……」

「いえ、でも」

菊子はすぐにでも断るつもりで口を開いたが、手のひらをこちらに向けて、ちょっと待って、というタケコのしぐさにふさがれた。

「この、子供というものの定義がむずかしくてですね、困難な子供への支援って結構、いろんな制度やらなんやらあって受けられるんです。公のものも、企業なんかがやっているものも。だけど、十八歳を超えると子供ではなくなって、急に支援が減るんで、人を雇えるほどの金銭的な援助が受けられないんです。ここの子たちからは月に二万円もらってるんですが、それだけでは、寄付では賄えない食料と日用品を買うので精一杯。人を雇うことなどできません」

「なら、ボランティアを募集したらどうですか。元気なお年寄りとかいるでしょう？」

「まあ、そうなんですけど、これもまた、こども食堂なんかだとわりと人が集まりやすいんですが、うちの場合は理念を説明するというところからやらなくちゃいけなくて、理解されにくいんです」

お金なら出しましょうか、と言いそうになって、ぐっと飲み込んだ。正直、このタケコという女が、どこまでの支援を……有り体に言えば「金」を望んでいるのかわからなかったからだ。

今は親切そうな顔をしているけれど、本当のところは、結局は「金」なのかもしれない。自分が資産家であることは隠したかった。

「実は、思い切って専属の料理人を雇おうかとも思って探してはみたんですけどね、ほら、今、人手不足だし、インバウンドとかあって、お料理してくれる人もね、なかなか見つからないんですよ。お給料も高くて……」

私、出しましょうか、とまた言いたくなった。正直、「金ならある」のだ。菊子には。毎月、使い切れないほどの。でも。

菊子の気も知らず、タケコは話を続ける。

「何人か声をかけてみたんだけど、月三十万とかふっかけられちゃって……」

「三十万！」

確かに平日のみ、晩ご飯だけ四人分を作って三十万は高すぎる。いや、高くはないのだろうか。菊子にもそれはよくわからない。

「あ、家政婦さんていうのは？　最近、そういう家事代行サービスが流行っているでしょう？」

「はい。それも考えました。というか、今も実際、使ってるんです。私がどうしても来られない時にね……だけどね、その日の夜、ここに寄ったら……ご飯はすごくよくできてますよ、きれいに。だけど、家政婦さんが作ったご飯を食べたあと、各自、ばらばらにスマホいじったり、ゲームやったりしている子たちを見てたら、あれ？　私がやりたかったことってこんなことだっけ？　ってわけがわからなくなっちゃったんですよね。これなら、お金を渡して、外食しなさいって言うのとどこが違うんだろうって」

「ああ、なるほど」

その説明には納得できた。

「誰か、料理をしてくれる人を雇っても、同じような感じになるかもしれません。私が考えていたのは、料理を作って食べさせるだけでなく、できたら一緒に作ったり、ご飯を食べて話をしたり、他の家事や、人生、生き方を教えてくれる人、落ち着いて、この場所にいてくれる人なんです」

「そうですよねえ」

思わずうなずいてしまってから、はっとする。そうだ、この人はそれを自分に頼もうとしているのだ、と。これはうかつに同意もできない、と慌てて唇を引き締めた。

「それが理念ですから。ただ、ご飯を食べさせてくれる場所ではダメです」

だけど、どうだろう……聞けば聞くほど、このタケコという女の理念、考えに妙に共感してしまっている自分がいる。

「もちろん、週に一度でも二度でもいいんです。いや、とりあえず、一回だけでもいいから、できたら、ここで晩ご飯を作ってやってくれませんか。ここの子たちを一度、紹介したいし……できそうになかったら、遠慮なく、断ってくださっていいので」

彼女は白ワインをごくりと飲んだあと、小声で付け加えた。

「私も不動産なんかやってるから、お金ってものを知ってるつもりだったけど、何もわかってなかったんですよね」

「お金のこと？」

「きれいごとに聞こえるかもしれませんけど、お金では買えない、お金だけじゃ用意できないものがあるんだって、ここの子たちが初めて教えてくれたんですよ」

本当に、ありきたりなきれいごとだと思いつつ、そのつぶやきは妙に菊子に刺さった。

お金では買えないもの？

月々三百万以上の収入があり、多少の出費ではお金が減らない、そんな自分の前でそれを言うか。

よし、そうか、それなら、この場所、タケコという女の言う、金では買えないもの、いくら金があってもできないこと、というのを見てやろうじゃないか、と思った。

あと、どこの誰か知らないが、月三十万というのはちょっと高い。自分が出してやってもいいけど、気持ちよく出してやれない額だ。ならば自分がやるしかない。

また、彼女がささっと短時間で作って出してくれた料理、いや、料理とも言えないつまみがどれもおいしかった、というのもあった。実感として、彼女がきちんと生活している人であるということをわからせてくれた。

タケコとはそれから数回ＬＩＮＥでやりとりした。現在、冷蔵庫にあるもの、冷凍庫にあるもののリストが送られてきた。子供たちは仕事を終えると、七時ごろから順次、帰ってくると聞いたので、夕方五時ごろ着くように家を出た。

お米は七時に炊《た》けるように五合、セットしてあります。ほかに冷凍庫の中に袋入りの二キロの鶏もも肉、鶏胸肉があります。ご要望があれば、事前に冷蔵庫に移して解凍しておきます。あと冷蔵庫に、人参《にんじん》、ちくわ、卵などがあります。

駅前のスーパーで旬《しゅん》の安い野菜を、大根とキャベツがそれぞれ百円だったので買った。調味料は前に来た時に、チェックさせてもらっていた。業務用の大きなものばかりだが、一通りの調味料はそろっているようだった。

家には誰もおらず、ひっそりと静まりかえっていた。これまた、預かっていた鍵を使って中に入った。

持参したエプロンを着けて、解凍した鶏もも肉をカットする。包丁の切れが悪かった。これは研《と》がなくてはいけない……台所の棚などをのぞいたが、砥石《といし》はなかった。今度、家から持ってきた方がいいのだろうか……と考えた時、次も来るつもりなのか、と考えていた自分に少し驚いた。

とにかく、切れない包丁で二キロの鶏もも肉（メキシコ産だった）を切って、塩こしょう、醤油、カレー粉少しをもみ込み、溶き卵と小麦粉を加えて漬け込む。あとは揚げるだけでメインは準備できた。これだって、今後、自分が来てやるようになれば、国産の鶏肉をふるさと納税でもらって、運んでやることもできるんだ、と思った。

人参と大根をスライサーで千切りにし、塩もみしたあと、ナンプラーとレモン汁でアジアンテイストの紅白なますにした。

キャベツもまたスライサーで千切りにして、水に浸しておく。から揚げの付け合わせにしよう。醬油とごま油と酢《す》を混ぜて、簡単な和風ドレッシングも作っておこうか。

あとは何か汁物を作ろうと冷蔵庫の野菜室を開けた。少ししなびて中途半端に残った玉ねぎ、長ネギ……などがあった。それらと人参、キャベツを刻んで適当に鍋で煮ながら考えた。

野菜スープもいいけれど、味噌汁の方がこのおかずには合いそうだし、栄養も摂《と》れるだろう。少しだけ残っていたちくわを入れた。味噌汁の旨《うま》みにもなるはずだ。

手を動かしていると、自然と料理ができていく感覚、それを久しぶりに覚えた。

「ただいま」

静かに後ろから話しかけられて、驚いて振り返ると、長い髪の若い女性がじっとこちらを見ていた。

「あ。私……杉子です。今日、ご飯を作ることになってた」

彼女は表情を変えずにゆっくりと頭を下げ、二階に上がっていった。

はあ、驚いた、と思いながら味噌汁の鍋の蓋を開けた時、彼女の名前を聞かなかった、名乗りもしなかった、と気がつく。少しだけ嫌な気がした。

ご飯は六時頃にはできあがってしまい、菊子は食卓に座って、頬杖をついた。

なんだか、家族の帰りを待つお母さんみたいだな、と思う。このまま帰ったらいけないだろうか……まあ、タケコの話からすると、給仕をして一緒にご飯を食べることも仕事のうちなのだろうと思う。

七時少し前に皿に料理を盛っていると、髪を茶色く染めた、やはり若い女性が帰ってきた。

「わー、いい匂い。おいしそう！」

彼女は前の子とは違って、華やかに入ってきた。

「私は……」

「杉子さんだよね？　聞いてます。私は、田中《たなか》はなです」

近くで顔を合わせると、彼女の肌の色は浅黒く、目鼻立ちが大きくはっきりしていて、アジア系の血が混じっているのがわかった。

はなはジャケットを着たまま、バッグも斜《なな》めがけのままで、食卓に座った。

「あ、から揚げだ！　嬉しい。あたし大好き！」

「そう？　よかったね」

すると彼女が唐突に言った。

「あたし、日本人じゃないの、わかる？　わかるよね、顔が違うもん。あのね、でも、何人《なにじん》かはわからないの。子供の頃、もう、気がついたら、施設にいたって感じ」

いきなり話し始め、手も洗わずに大皿に載ったから揚げをつまもうとするので、菊子は彼女の話の内容が気になりながらも、できるだけ穏やかに言った。

「まず、上着を脱いで、玄関のところにかけてこようか、はな……さんって呼んでいいのかな？　バッグも部屋に置いてきて、手を洗って皆で、いただきますをしようね」

「うん」

はなは一瞬、菊子の顔を見て、素直にうなずいて立った。

彼女が台所から出て行くと、入れ替わりのように、最初に帰ってきた女性が入ってきた。ジャージに着替えている。

「ご飯食べますか？」

尋ねると、またただうなずく。

「手は洗ってきた？」

うなずく。

「あなたのお名前は？」

ご飯と味噌汁を前に置きながら尋ねる。

「斉藤静枝《さいとうしずえ》です」

「よろしくね、静枝さん」

その時、はなが戻ってきて、とりあえず、三人でご飯を食べることになった。

「さっきの話だけど……はなさん、気がついたら施設にいたっていうの、本当？」

静枝の前でその話を続けていいのか迷いながら聞いた。

「もちろん本当だよ。あのね、私、三歳ぐらいかな、気がついたら施設にいて、そこからずっと施設で。施設の先生も私が何人かわからないって言うんだよね」

「ものごころついたら施設にいたってこと？」

「そうそう、それ。ものごころ。たぶん、タイとかベトナムとかから来たか、親がそっちの人なんじゃないかって。でも、先生たちもあんまり話したがらないんだよね。よくわかってないのかもしれないけど」

「……戸籍はどうなってるの？」

「ああ、それは警察と児童相談所の人が届けを出してくれたみたいで、その時に市長が命名してくれた名前が、田中はな。ひらがなで、はな」

「かわいい名前ね」

「それからずっと施設」

静枝は特に自己紹介はしなかった。ただ、菊子が尋ねると、はなは工場に、静枝は介護施設に勤めている、と言った。二人とも施設から出たばかりの時はワンルームのアパートに住んでいたのだが、人づてにここを知って、移ってきたのだと言う。

「アパートよりここの方が安いし、ご飯も出してくれるし、楽しいし」

そのうちに男の子が帰ってきた。彼は高畑《たかはた》翔太《しょうた》、二十二歳だと自己紹介した。施設を出た時は、そこで紹介された和食レストランの厨房で働いていたけれど、あまり合わなくて、今はアルバイトをいくつか掛け持ちしていると説明してくれた。もう一人は、深夜営業の焼肉屋で働いている、ということで、その日は帰ってこなかった。

食事が終わると、皆、自分の食器は自分で洗った。静枝は自分の部屋に戻っていったが、はなと翔太はそのまま残り、菊子がお茶を淹れてさらに少し話した。

夜九時ごろ、菊子は「気をつけてねー」「ごちそうさま」と口々に言われて、シェアハウスをあとにした。

駅までの帰路で、菊子は小さくため息をついた。

久しぶりに疲れたけど悪くなかった、と考えていることは、自分の中で否定しようがなかった。

これからどうしよう。続けるのだろうか。

ふっと、夫ならなんて言うだろう、と思った。ねえ、こんなことがあったのよ、と生前なら絶対に彼に報告しているだろう。

皆、意外といい子だった。あと、児童養護施設のこと、マスコミの報道ではいろいろ言われているけれど、あそこの子たちは皆、先生たちに感謝しているって言っていた。翔太は、自分も施設の先生になるため、お金を貯めて通信制の大学で保育士の資格を取るつもりだとも。

夫が生きていたら、きっとおもしろがっただろう。テレビやネット、新聞のニュースではない、生の情報や体験を聞くのが好きだったから。

そして、菊子も、彼にならなんでも話せた。あそこの子は皆、かわいいと思うし、いい子だと思う。だけど、自分からは名乗らない静枝や、はなが手づかみでから揚げを食べようとした時、小さな嫌悪感も抱いた。自分はダメな人間かもしれない、と少し傷ついている。でもそれを直してやることが、自分にできる仕事ではないかとも思ったし、その中で、自分も成長できるのではないか。

彼が亡くなった今、そんな気持ちは誰にも話せない。

ああ、でも、夫は若い女と会っていたのだ。ちょうど、菊子と彼が出会った頃と同じ歳の女と。

彼は自分が好きだったのではなくて、そのくらいの歳の女が好きだっただけなんじゃないか。

自然に涙が出てきた。

もう、夫にしたように気を許して誰かと話したり、笑い合ったり、できない気がしていた。

彼はこんなふうに懐かしむことさえ、若い女と会っていた、という事実で封《ふう》じたのだ。

きっともう、あんなふうに人とはなじめない、愛せない。

あなたはなんということをしてくれたのだ。

いつか彼を許して、胸の中の彼に話しかけることができる日が来るのだろうか。

わからない。でも少なくとも、今の自分が少しでも癒《いや》されるのは、お金ではなく、本当に自分の身体を使った行為だけのようだということがわかった。

タケコの言う通りだった。

ここに通っていれば、他にも何か、見つかるのだろうか。

菊子は手のひらで涙を拭って歩き出した。

最終話

月収十七万の女

斉藤静枝（22）の場合

月収二十万円と三十万円の人間がいたとする。

ぱっと考えて、その差は？

十万円だと、ほとんどの人は言うだろう。つまり、一・五倍の月収だと。

違う。

家賃や通信費、水道光熱費といった、あらかじめ決まった固定費に食費を加えた支出を東京都の単身世帯の平均値である十五万とすると、月収二十万引く十五万で自由に使えるのは五万。しかし、三十万なら、十五万となる。

その差は三倍だ。

月収三十万には二十万の三倍の価値がある。


介護士の斉藤静枝《さいとうしずえ》は一年ほど前の朝、出勤中の電車の中でそのＳＮＳの投稿を見て、小さく「あ」と声が出るほど衝撃を受けた。

自分は月収十七万しかない。この投稿主の談によれば残りは二万だけだ。

家賃の安い家を探して、東京と埼玉の県境の埼玉側に住み、格安スマホに替え、パスタともやしばかり食べているから、支出は十五万より少ない。

だけど、東京で人並みに暮らしたら、自由に使えるお金はたった二万円。

いつもあくせくと働き、余計なお金は使わないように節約している自分が、なぜかいつもお金がなく、お金のことばかり考えてしまう理由がわかった気がした。

節約もするけれども、もう少し収入を増やす方法はないだろうか、と静枝は、あれからずっと考えている。


「あらまあ、久しぶり」

平日の午後、静枝が乙部《おとべ》響子《きょうこ》の家に着くと、冷たいお茶を淹れて迎えてくれた。

「駅から結構、距離があるから……暑かったでしょう」

響子は申し訳なさそうに言った。

「大丈夫です。訪問介護の仕事もしていますから、いろんな人の家に行くのには慣れていますので」

響子の部屋に来たのは一ヵ月ぶり、二回目だった。

「でも慣れていても、駅からの距離は変わらないでしょう？」

前に来た時も思ったが、この人はなかなかするどいところを突いてくる。

「そうですね。でも、いい運動になりました」

本当は他人の家が好きだ。たまらなく好きだ。

これはおそらく、静枝が施設育ちだからというのもあると思う。ものごころついてから、ずっと施設で育ってきた。十代で自分を産んだ母は育てることができず、施設に預けて姿を消した。父のことは知りようがなかった。施設を出る時に、児童相談所を通して母親に連絡しようとしたが、記録にある連絡先のどれも母親に届かなかった。本籍地は静枝を産んだ頃に住んでいた場所なのか、新宿区内のアパートの住所が書いてあったが、もちろん、今は別の人間が住んでいるらしかった。

そういう人生だったから、家……普通の家というものに、静枝は妙な関心と憧れがある。

施設を出たあとは、介護施設でアルバイトをしながら資格を取った。しばらくは職場を転々としていたが、その後、訪問介護の仕事に変わった。

響子はそれ以上尋ねずに、小さくうなずいた。響子が淹れてくれた麦茶のグラスには、赤や青の特徴的な模様がプリントされていた。それをじっと見ていると、響子が笑う。

「これね、ピエール・カルダン。昔、流行ったのよね。今はもう、あんまりおしゃれとはいえないけど、やっぱり、捨てることができなくて、そのまま使ってるの」

口で言うより、響子は愛《いと》おしそうな手つきでそれをなでた。きっと自分で考えている以上に思い入れがあるに違いない。

「恥ずかしいわねえ。本当はこんなの、生前整理を始めたら一番に捨てるべきなんでしょうけど」

「そんなことないです。大切な物を捨てる必要はないんですよ」

「でもね、これ、箱入りで色違いが五つもあるの。さすがに一人暮らしで五つは多いよね。あなたと話していて決心ついたわ。二つだけ残して捨てましょう」

響子は、はははと口を大きく開けて笑った。

一ヵ月前にこの家に来たのは、生前整理のお試しプランを利用してもらうためだった。

「あの。今日の生前整理ですが、どうしてご依頼いただけたんですか？」

ここに来た時、まず尋ねた。

「あ、ＹｏｕＴｕｂｅであなたたちの動画を観て」

「ＹｏｕＴｕｂｅ、よく観られるんですか？」

「それほどでもないけど……実はね」

響子は声をひそめるようにした。

「隣の家……ほら、うちの周りって同じような家が並んでるでしょ？　でも、お隣は賃貸なの。その大家さんが……大島成美《おおしまなるみ》さんていうんだけど、無料で使えるＷｉ‐Ｆｉを引いていて、Ｗｉ‐Ｆｉ無料を一つの売りにしてるのね。お隣のよしみで私も使っていいって言ってくれて、パスワードを教えてもらったの。どうせ、料金は同じだし、響子さんは一日に一時間くらいしか使わないでしょ、って。おかげで、心置きなく動画を観られるようになったの」

「へえ、気前のいい大家さんですね」

「ええ、彼女、もう何軒も同じような賃貸住宅を持っているみたいよ。やり手なの。小説家さんでもあるのよ。鳴海《なるみ》しま緒《お》って知らない？」

聞いたことがなかった。

「まあ、好きな小説を好きなように書くために不動産投資に力を入れているんです、って言ってたから、売れなくてもいいみたい」

こうして、お年寄りのたわいもない話を聞くのも慣れていた。

「ただ、この庭のミントには厳しくて、絶対、うちの方には来ないようにしてくださいって言われてる」

「あれ、ミントなんですか？　おしゃれですねえ」

「そうねえ、でも、やたら増えるから結構、大変。毎日、むしってるの」

響子は苦笑いした。

「お隣に伸びていかないように、根っこごと掘り返して、時々、除草剤もまいて。よかったら少し、持って帰って」

あら、私、関係ないおしゃべりばっかりね、と響子は言った。

「とにかく、無料Ｗｉ‐Ｆｉであなたたちの動画を観せてもらって、私もやってみようかしらって思ったの」

静枝が訪問介護をする中で、高齢者の部屋の「生前整理」を専門の仕事にしたらどうか、ということは自然に思いついたことだった。

家の中が物で満ちあふれている高齢者住宅は、めずらしくない。というか、むしろそうでない家の方がまれだ。

きっと、若い頃はもう少しきれいにしていたのだろう。でも歳を取って気力と体力が衰える中、夫婦どちらかの介護が始まり、老人用おむつや肌着、タオルの類《たぐい》、そして、流動食のストックなどがあふれ、身動きが取れなくなる。その整理は決して訪問介護の仕事に含まれているわけではないから、そこまで手を出す権利も義務もない。

ただ、介護を受けるお年寄りの部屋では、最低でも自分たちや家族が動くための場所の確保が必要になる。「ちょっとすみませんねえ、これは別のところに置いていいですか？」などと言いながら、部屋の整理をしてあげると、ほとんどの人は恥ずかしそうに「ごめんなさいね、本当はもっときれいにしておきたいのだけど物が多くて」とか「お恥ずかしい。でも、家が狭いからどうしようもなくて」と言い訳した。

訪問介護の立場では必要以上に手を出すことはできないが、「どうしたらいいのかわからない」とうつむく家族の相談に乗ったり、掃除やゴミ捨てを手伝うようになったりしたのは自然の成り行きだった。見違えるようになった家の中で喜ぶ人たちを見ていると、幸せな気持ちになったし、介護する静枝たちも楽になる。

「こうなる前、できたら、介護に至る前に部屋を片付けられたらいいのに……」という気持ちがむくむくとわいてくるのを抑えられなかった。

例えば、ベッドの周りに物が多いと、被介護者はそこから降りることすらできず、身動きが取れなくなる。大量の物につまずいたりもする。家がもう少しきれいだったら、要介護状態になるのを遅らせることもできたのではないだろうか、とさえ考えた。

すると思いがけず、介護職の同僚に、父親の家の片付けを手伝ってくれないか、と頼まれた。自分一人ではとてもできないから、と。

その時、同僚が「ビフォー」「アフター」の写真を何気なく、ネットに上げたら、反響があった。いわゆる「汚部屋《おべや》」「ゴミ屋敷」と呼ばれるような部屋をほとんど物がないくらいまでに片付けた写真は衝撃だったようで、かなりバズった。

それを見たミニマリスト系ＹｏｕＴｕｂｅｒから連絡が来て、その時のことを話してくれないかと呼ばれた。同僚は顔出しをしたがらなかったし、掃除は実質、静枝が取り仕切ったから自然、静枝が答えることになった。ネット記事になったり、インタビューに答えたりして、さらに「自分の家の片付けを手伝ってくれないか」という依頼が入った。響子も、きっとそんな動画の一つを観たのだろう。

介護の仕事の収入はやはり限られている。もう少し収入を増やせる副業はないだろうか、とずっと考えていた。生前整理を手伝う仕事なら、訪問介護をパートタイムにすれば、うまく組み込めるかもしれないと思いついた。

現在はさらに、生前整理を軸に起業できないか画策中だ。そのために、ホームページを作り、そこに改めて、「ビフォー」「アフター」の写真や動画を貼りたい。写真撮影に協力してくれる「汚部屋」の主を探していた。

顔出しをしなくてもいいので、部屋の写真を撮らせてもらえませんか？　動画でも静止画でもいいので、ホームページに出ていただけたらお代は無料にします、というキャンペーンに応募してくれたのが、この乙部響子だった。

「……あなたの動画を観て、こんなふうに助けてくれる人がいたらなあ、と思っていたんだけど、料金がねえ。ごめんなさいね。私は年金生活者だもんだから」

一ヵ月前、響子は申し訳なさそうに言った。ホームページに載せている、生前整理代行のお値段は、お試し料金で「三時間一万円」。これは相談料とお手伝い料を含む。

「今は働いていらっしゃらないんですか？」

「まあ、シルバー人材センターに登録して、時々、仕事を回してもらうようにしているんだけど、これといった定期的な仕事はないのよ」

「そうなんですね」

「でも、今回、ズーズーさんが」

ズーズーというのは静枝のネットネームだった。

「あ、実は私、本名は斉藤静枝と言います」

静枝は当時、作ったばかりの名刺を出した。

生前整理代行　斉藤静枝

「あら、ズーズーさんじゃないのね、静枝さん？」

「はい。斉藤です。でも、ズーズーでもいいですよ」

「ふふふ。迷うわねえ。じゃあ、せっかくだから斉藤さんで。斉藤さんがこういうキャンペーンをやってくれたから、お願いできたわ」

「よかったです。だけど、乙部さんの部屋はそこまで汚くないですね」

静枝はそこで初めて、響子の部屋を見回した。そういうぶしつけなことは、片付けの直前まで抑えることにしている。

「でも、物は意外に多いのよ」

確かに、響子の部屋は一見、恥ずかしくない程度には片付いている。だけど、玄関の靴棚《くつだな》の横には靴箱がいくつか積み上がっていたり、押し入れの前に段ボール箱が置いてあったりした。散らばったりしていないから散らかっては見えない。だけど、もしかしたら、もう物が入るところはないのかもしれない。

「見た目はまあまあ、きれいに見えて、実は、結構、溜め込んじゃってるの。うちは古い家でしょう？　押し入れが下に一間分、二階には二部屋あるからそれぞれ一間分。押し入れはいくらでも物が入るから」

「わかります」

押し入れの収納量というのはすごい。底なし沼だ。

「離婚した時ね、元の家は夫がそのまま住むことになったから、その代わりに、家具や家電、食器とか、そういうものは好きなように持って行っていいって言われたの」

「へえ、優しい旦那さんですね」

静枝が言うと響子は噴き出した。

「違うの、違うの。夫は新しい女と再婚することが決まっていたから、その人に私が使った物を使わせるわけにはいかないじゃない。だから、全部持って行けってわけなの」

手を大きく振りながら、明るく否定する、正直な響子を、静枝は好きになり始めていた。

「だから、冷蔵庫、洗濯機、テレビ、炊飯器……食器や布団なんかも、全部、うちから持ってきたのね」

「他の方……他の高齢者の方の家に比べたら、ぜんぜんましですよ。もっと多い方はたくさんいらっしゃいます」

「本当？　よかった」

どんな依頼者でも、褒めるに越したことはない。

「生前整理をしようと思ったのは、どうしてなんですか？」

「やっぱり、あなた方の動画とかを観ていて……万が一、私が倒れたり、一人で死んじゃったりした時、娘や他の人たちに迷惑かけられないわ、と思ってね」

よくある動機だった。

「私もそろそろ七十だしね」

「六十代のうちになさるのが理想的ですから、ちょうどいいと思います。じゃあ、とりあえず、台所あたりから始めましょうか。他にやりたい場所や、ここから始めたいというところがあれば別ですが」

「いいえ、ぜひ、お願いしたい」

その日は三時間ほど作業をして、静枝は乙部家をあとにした。

「いらない物を捨てるというより、今の生活で使っている物を探して、他の物は捨てましょう」

いつもくり返し言っている言葉を伝えながら、片付けた。

台所を整理し、次は二階に上がって、響子の服とバッグを整理した。台所と衣類は誰でも手をつけやすい場所だし、成果も如実《にょじつ》に表れて、次につながりやすい。

洋装の喪服《もふく》は残すけど、和装の喪服は捨てる、と決めたあたりで時間になった。

今日は、その後のアフターケアのために訪れた。生前整理のお試しプランを受けて、一ヵ月後、どのように家が変わったかを写真に撮らせてもらうために来たのだ。可能なら、さらなる整理も行う。

「ズーズー、じゃない、斉藤さんのおかげであれからはかどっちゃって」

響子の言葉は嘘ではなかった。

以前来た時に、玄関に積み上がっていた靴箱はなくなり、台所に無造作に置いてあった、野菜を入れたエコバッグもなくなっていた。

「あら、これも使ってないわ、これもいらないわ、ってどんどん目に付くようになって。あれから靴を捨てて、備蓄していた食料を処分っていうか、ちゃんと食べ切った」

「すばらしいです！　自分一人ではできない人も多いし、また元に戻ってしまう人も多いんですよ」

「食費節約にもなって一石二鳥。今月は野菜以外はほとんど買い物しなかった」

話し合って、今日はさらに二階の押し入れを整理し、使わない寝具を始末することにした。

「……お布団も、夫に前の家から持って行けって言われたものなの。新しいのを買うつもりだったんでしょうね」

押し入れにはぎっしり、夏用と冬用の寝具が詰め込まれていた。たぶん、響子自身が使っている布団をのぞくと、三、四組はあるのではないだろうか。

「娘たちが泊まりに来たら、と思って取ってあるんだけど……」

「実際、いらっしゃることはあるんですか？」

「うーん。電車で三十分くらいしか離れてないからねえ。それに、子供が生まれた時にも里帰りしなかったし……本当はゆっくりここで休めばよかったのに。あの子は旦那さんの言いなりだからね。旦那のことが気になって帰って来られなかったんでしょ」

小さな声だったが、つぶやく声に不満が含まれていた。

「うらやましいです！」

「え？」

「そんなふうに帰ってきてほしいって言ってくれる場所があるなんて。私には親がいないから」

静枝はプロフィールをいろいろな場所でちょこちょこもらしているので、響子も知っているはずだった。

「そうね」

響子は笑顔になった。

「娘も孫も健康で、夫婦仲はいいの。なんと言っても、娘はまだまだ旦那さんに惚《ほ》れきってるの。幸せなことよね」

ありがとう、気づかせてくれて、と響子はつぶやいた。


乙部響子の家を出たのは夕方だった。

その日はめずらしく、夜、会食の予定が入っていた。

「女性の起業を助ける会みたいのがあるんだけど、斉藤さんも来ない？」

やっぱり、同じように、起業をしようとしている友達、遠田満里奈《とおだまりな》に声をかけられたのだった。遠田とは、女性の起業をサポートするためのパーティで知り合った。彼女の方はアフリカの開発途上国から、食器を中心とした雑貨を輸入して、売り上げの一部をアフリカに寄付するという活動をしている。さらに規模を大きくするための資金援助と支援者を探している、と話していた。

「麻布のイタリアンレストランの個室を借り切って話をするんだって」

「え、そんなところ、行ったことない。着ていく服もない」

「別に、いいんじゃない？　誰も服装なんて気にしないよ。ありのままの自分を見せた方がいいんだって。他の人たちは皆、女性社長とか、起業家ばっかりだからさ、下手につくろっても見透かされるよ」

今日は動きやすい服装にしていたため、ポロシャツとチノパンだった。上に羽織るため、一応、紺色のテーラードカラーのジャケットだけは持ってきた。

一度家に帰って着替えたかったが、響子と話していたら思いのほか時間が過ぎてしまった。また、帰宅したところでこれといった服はなかった。

「あら、それなら、お引き留めして悪かったわねえ」

片付けをしながら今夜のことを話すと、響子は申し訳なさそうにした。

「ぜんぜん、いいんです。このジャケットを羽織れば、まあまあ、いいかなって」

静枝が紺のジャケットを羽織ってみせると、響子は首を傾げてそれを見たあと、部屋にある引き出しを開けて、アクセサリーボックスを出した。

「これ、していきなさい」

響子が出したのは、シンプルなパールのイヤリングとネックレスだった。

「ちょっとフォーマルな感じになるわ」

「こんな高価な物、お借りできません。なくしたら困るし」

「ううん、差し上げるわ。私はもう使わないし、娘には結婚の時に同じ物をあげたから」

「そんな、とんでもない」

静枝は必死に断った。

「じゃあ、とりあえず、イヤリングだけでもしていってよ。それだけでもずいぶん、印象が変わるから」

確かに、それを耳につけて鏡をのぞくと、顔が華やいだ気がした。

「……いいんですか？」

「もちろん。処分しようと思っていたし、静枝さんにもらっていただけたら嬉しい。まだ、お礼もしてなかったしね」

「いえいえ、これはキャンペーンですから」

遠慮しつつ、イヤリングをして響子の家を出た。


麻布の地理がよくわからなかったが、スマホの地図アプリで探すと、六本木からかなり歩く場所だった。こぶりなビルの地下に降りていくと、入口に老年のウエイターが立っていた。

「片原《かたはら》さんの名前で予約していると聞いています」

会の主催者の名前を挙げた。

「はい、お待ちしておりました」

すぐに店の奥の個室に案内された。

時間通りだったが、すでに皆、集まっていた。

「すみません、遅れまして」

決して遅刻はしていなかったのだが、自然に謝る形になった。顔から汗が噴き出した。

部屋にはざっと見て四十代から七十代の女性たち五人と、静枝のような若い女性起業家が三人いた。

「大丈夫。私たちも今来たところですから」

暑い日の夕方だったのに、皆、涼しげな面持ちですでにシャンパンを飲んでいる。お金持ち女性たちはきっと自分の車かタクシーで来たのだろう。起業家の若い女たちも静枝以外はちゃんとワンピースを着て、化粧をしていた。

場違いなところに来たと感じつつ、静枝はただ、言われるがまま、酒を飲み、料理を食べた。フォークとナイフを握る手が緊張で震えた。

ありがたかったのは、そこにいた女性たちが皆、静枝の服装や振る舞い、テーブルマナーをまったく気にしていないようだったことだ。代わる代わる、静枝たちの夢や今後の展望を尋ね、アドバイスをしてくれた。静枝は聞かれるがまま、自分が施設で育ったことや、訪問介護をしながら起業を目指していることを洗いざらい話した。

この中から、誰か、自分を支援してくれる人が現れるだろうか……手応えを感じられないまま、デザートを食べることになった。

「……あの、あなた、あの、斉藤静枝さんよね、前に、タケコさんのシェアハウスにいた」

コーヒーを飲み始めた時に、一番奥に座っていた女性が声をかけてきた。

「え？」

「私、鈴木菊子《すずききくこ》です。あそこでは杉子《すぎこ》って呼ばれてた」

「あ……杉子さん」

確かによく見ると、静枝が施設を出たあと、一時的に世話になったシェアハウスで、何度か夕食を作ってくれた女性……当時は杉子と名乗っていた人だった。

離れていたのと、あの時とはまるで雰囲気が違っていたこと、別の名前を名乗っていたので、わからなかった。ほとんど初めてのフルコースの料理に緊張していて、皿ばかり見ていたせいでもあった。

あら、知り合いだったの？　という言葉に、杉子こと菊子は皆にざっと経緯を説明した。

そして、会がお開きになって部屋を出る時に「よかったら、コーヒーでも飲んでいかない？」と誘ってくれた。

「本当に久しぶり。見違えたわ」

六本木の駅前のカフェで、静枝と菊子は向かい合って座った。

「菊子さんこそ……すぐにわからなくて、失礼しました」

目の前の菊子は少し頬がふっくらとしたようだった。濃い紺色のワンピースを着て、髪も整えていた。前はエプロンか割烹着《かっぽうぎ》を着けて、髪は短く手入れもしていなかったし、何よりげっそりと痩せていた。

「そう？　あなたこそ、前はほとんど話をしなかったじゃない。今日、自分のことや仕事のことをすらすら説明していてびっくりした」

「だって、お金を出してもらうんですから。頑張りますよ、そりゃ」

その言葉を聞いて、菊子はころころと笑った。前はそんな笑い方もしなかった。記憶《きおく》の中の彼女は、いつも少し思い詰めた目をしていて、静枝たちがご飯を食べるのをじっと見ていた。その前では間違いを犯《おか》すこともできない気がして、気まずく、息がつまった。

「あれから、三年だものねえ。そりゃあ、皆変わるわよね」

「菊子さん、今は？」

彼女は小さくうなずいた。

「私があの頃、どういう状況だったか、知っていたんだっけ？」

「なんとなくは。旦那さんが亡くなったばかりだって、聞いていたような気がします。たぶん、タケコさんから。それで……」

元気になったんですか？　と訊きそうになって、言葉を飲み込んだ。あまりにも軽率な気がしたからだ。

「まあ、なんとかやってるわ」

「あれから、あそこには？」

　菊子は首を振った。

「続けたかったんだけど、シェアハウス自体がなくなったの。隣の家の方が亡くなられて、家が売りに出されたのを機に、シェアハウスのオーナーのタケトさんがその土地も買って、合わせてアパートを建てることになって」

「そうですか」

「そのままアパートに住んでいる人もいるはずだけど、ご飯を作る仕事はなくなったの」

「残念ですね」

「でもよかったと思う。あそこに行っていたことで、わかったことがたくさんあったから」

「わかったこと？」

「週に何回かだけど、皆のご飯を作るために通っていて、それがなくなったら、なんだか、時間と気持ちを持て余してしまってね」

　菊子ははあ、とため息をついた。

「自分のためだけに生きるには、一生は長すぎるってわかった」

　菊子はきっぱりと言って、うなずいた。

「長すぎる……？」

「そう」

「それで、今みたいなことをしているんですか？　若い人の起業の手助けとか」

「ええ、まあね。以前からやっていた不動産事業を少し増やして、それでできたお金を若い人たちに投資している。私はお金の儲け方、というかそのシステムは確立したし、もう、それほどお金は必要としていないから」

そして、菊子は改まったように、膝に手を置いて、静枝を見た。

「ねえ、ほんと？　今夜言ってたこと」

「ほんと、とは？」

「生前整理の仕事の会社を始めるって」

「ええ、もちろんです。できたら、人も雇って、事務所を構えたいと思ってます」

そのための資金援助を求めていた。

「いい考えだと思う、すごく。絶対、成功する」

「本当ですか！」

静枝は嬉しくなって、菊子を見た。

「本当」

では、資金援助をしてくれるのだろうか。

「成功するからこそ、私は、あなたにお金を貸す気はないよ」

「え？」

応援してくれるようなことを言っているのに、なぜ……と静枝は驚いた。結局、口先だけなんだろうか。

「今日の会にいた私たちの誰からでも、資金は引っ張れると思うよ。私だって出せる。だけど、そんな必要ないよ。今考えていることを、事業計画書にして、地元の信用金庫でも、政策金融公庫にでも当たってみたら？」

「銀行さんに、ですか」

「そう。私から借りたら、あなたは私に借りを作ることになる。それより、ちゃんと正攻法でお金を借りて、ちゃんと書類に残る形で返した方がいい。それがあなたの今後の成果になるよ。今はよくてもいつか、万が一、また以前のコロナのようなことがあって、いざ、銀行で融資を受けようとした時、これまでの借り入れの記録がなければ、貸してもらえないこともあるし」

「……でも、自信ないです。銀行とか、ああいうちゃんとしたところが苦手で」

「大丈夫。計画書の作り方や銀行での話し方はいくらでも教えてあげられる。だから悪いことは言わないから、一度、地元の信金に行ってみなさい。厳しいことを言われても、また書き直してチャレンジすればいい」

「私にできるかな」

着ていく服もないし、とつぶやく。

「今夜、私たちに話したみたいにすればいいよ。他にも確か、商工会議所に女性のための起業支援をしてくれるところがあったはず。そういうところに行って、私たちの視点とは違う、別の視点からの支援とアドバイスをもらうといい。お金を借りるため、というより、いろんな人に話を聞ける機会でもあるからね」

「なるほど。そういうことは考えていませんでした」

「あと、起業するならもう一つ、絶対に守ってほしいことがある」

「なんですか？」

「人、つまり従業員とか下請けを頼む人だけど……そういう人から搾取《さくしゅ》したらダメ。やってもらったことには、正当な対価を払うこと。じゃないと、絶対に、どこかで潰れる」

「会社がですか、従業員が、ですか？」

「違う、あなた自身が」

真摯なアドバイスに、だんだんと、気持ちが固まってきた。

「……やってみようかな」

「大丈夫。ダメなら、また話し合おう」

菊子は笑ってうなずいた。


「……関水萌《せきみずもえ》といいます。年齢は二十九歳です」

鈴木菊子と再会した一ヵ月後、斉藤静枝は家の近くのチェーン系カフェで、生前整理の仕事に応募してきた主婦の女性と向かい合っていた。

「ご結婚、したばかりなんですか？」

「ええ、一年前……」

萌は少し落ち着かない様子であたりを見回した。

彼女とはすでに何度かメールのやりとりをしており、以前は普通の会社に勤めていたけれど、今は結婚し仕事をしていないと聞いていた。面接の時間は平日の昼間にして欲しい、というのが萌の希望だった。土日は夫が家にいるから、と。

あれから菊子に教えてもらったように、政策金融公庫に資金援助の申し込みをし、少し前に面談を受けたばかりだった。

「……斉藤さんのホームページも動画も観せていただきました」

担当職員の三十代の女性は白い歯を見せて笑った。きちんとした濃いグレーのスーツを着て、真面目な雰囲気だけど、親しみやすさを感じさせる笑顔が時折、まじる。その笑みにすがりつきたくなった。

「え、動画も？」

一応、会社のホームページは備考欄に書いておいたし、そこから動画の方に飛べるようになっているから、それを観たのかもしれない。だけど、こういうお堅い場所で、ＹｏｕＴｕｂｅの話が出るとは思わなかった。

「はい。大変すばらしいと思いました」

「本当ですか！」

そこから、しばらく話した感覚では、明言は避けられたものの、「私たちも、ぜひ、斉藤さんのような若い方の事業をお手伝いしたいんです」「ご希望に沿えるように頑張ります」などの前向きな言葉が飛び交い、静枝が申し込んだ融資の満額、二百万を出してくれそうな手応えを受けた。

資金のめどがつきそうになったことで、静枝は一緒に働いてくれる人を探し始めたものの、なかなかこれといった人材がいないというのが実情だった。

まず、第一に申し込みがない。

確かに、昨今、人手不足と言われている。都内のスーパーのパート・アルバイトでも時給千三百円、千四百円はざらだ。託児所《たくじしょ》付きや食事付きなど、条件がいいところも増えているらしい。

だけど、ここまで誰からも応募がないとは思わなかった。確かにまだ始めたばかりの事業で勤務時間や場所、将来性がはっきりしない、仕事内容も多岐にわたる、生前整理、などという仕事が受け入れられる方がめずらしいのかもしれない。

それでもちゃんと都内の最低賃金を上回る時給千二百円、もちろん、交通費は全額支給、小さな規模の事業だからこそ、時間や条件の融通がききます、ということを強調して募集をかけているが、問い合わせさえない。

その中で、やっと応募してくれたのが萌だった。もう、背に腹は代えられない、多少の齟《そ》齬《ご》があっても採用したかった。

「……え、○○大学卒業！」

関水萌の履歴書を開いて、思わず声をあげた。○○は名前を聞いたら誰でも知っている、名門大学だからだ。特に英語に強いというイメージがあった。

「私の方は高卒ですけど、大丈夫ですか？」

するとそれまで、どこか不安げだった萌がうっすらと笑った。

「いえ、私だって、別に資格とかもないので」

「そんな方がなんでうちみたいなところに……ホームページとか見てくださいましたよね？」

「はい。もちろん、見ました」

彼女はこくんとうなずいた。肌が抜けるように白く、ほとんど化粧っけがないのに、ぱっちりした目や長いまつげが美しい。同性でも見惚《みと》れるほどの美貌だ。

「あの……志望動機というか、理由をうかがってもいいですか？　関水さんのような方なら、どこでもお勤めになれると思うんですが」

「……勤めるのが久しぶりなので」

　ささやくような声も美しかった。

「主婦ですし、できたら、時間が自由になるところで、と思いまして」

「ああ、そうですか」

「あと、私、あまり人前に出るような仕事はしたくなくて。斉藤さんの動画とか観せていただいて、あの」

　萌は意を決したように言った。

「こんなことを言ったら失礼かもしれませんが、この人とならやれるかな、と思ったんです。あと、対応する相手もお年寄りですよね」

「はい、基本的には。生前整理なんで」

「そういう落ち着いた職場がいいなって」

「そうなんですか。関水さんはこれまで普通の会社にお勤めされてたみたいですけど、結婚前に一時期、辞められていますよね。どうして退職したんですか？　あと、この空白の時期は何をなさってたんですか？」

　静枝はまた履歴書を見ながら質問をした。何気ない質問のつもりだったが、萌が明らかに緊張したのがわかった。

「会社の人間関係がうまくいかなくなって。しばらく休んでたんです。その間は友達の仕事の手伝いとかをしていました」

「なるほど」

　少し違和感があった。ただ、話している雰囲気は悪くないし、このくらいのことで、落としてしまう余裕はなかった。

「もう一回聞きますけど、本当にうちでいいんですか？」

「よろしくお願いします。夫にもそろそろ働いたら、って言われていて」

「それならいいですけど……じゃあ、来週あたりから、仕事の依頼があったらお声をかけていいですか？」

「採用ということですか？」

萌の顔がぱっと華やいだ。

「はい。本当に、うちのようなところでよければ……」

「ありがとうございます！」

萌はやっと緊張が解けたようで、初めてアイスコーヒーを引き寄せてごくごくと飲んだ。

それから、少し雑談をした。

「旦那さんとは、どちらで知り合ったんですか」

「本当に普通なんですけど、婚活アプリで」

萌は少し恥ずかしそうに笑った。

「萌さん、美人だから、旦那さんもイケメンなんですか」

萌は強すぎるくらいに首を振り、スマホで写真を見せてくれた。メガネをかけた夫は、確かに、真面目そうだったが、イケメンではなかった。でも、笑顔で並んでいる二人は幸せそのものに見えた。

「夫のお義母《かあ》さんは早くに亡くなっているんです。義父は田舎にいますけど、やっぱり、優しくて、特に反対もなく結婚させてくれて。お正月に実家に帰るくらいで、うるさいことも言わない人なので、本当に助かってます」

義理の親が詮索しないということをくり返す萌が何かを隠している気がしたが、それが何かは最後までわからなかった。


関水萌との最初の仕事は、武蔵小金井《むさしこがねい》の高齢者、加藤《かとう》家だった。生前整理をするのは、その家に住む老夫婦だが、依頼は別居している娘からだった。やっぱり、動画を観て、申し込んでくれたらしい。古い日本家屋の一軒家で二階建て、全部で百二十平米以上ある大きな家だと聞いていた。

「……もう五十年以上住んでいますから、物が溜め込まれちゃって、溜め込まれちゃって。ゴミ屋敷というほどではないですが、どこから手をつけていいのかわからないくらいなんですよ。でも、あたしたちが言うと喧嘩になるし、どうしたらいいのかわからない時に斉藤さんの動画を観たんです。母にも見せたら、すっかりはまっちゃって。この人ならいいよ、一度家に来てもらおうって言ってくれて」

娘さんとＬＩＮＥのビデオ通話で話した時はそう説明された。

静枝一人で行った場合、相談とお手伝いで三時間一万円というのは前から変わらなかった。でも、別のスタッフを一人以上同行し、本格的な掃除や整理をすべて手伝うなら、二日がかりで十万円という金額を取ることにしていた。

この値段は、鈴木菊子や以前、動画を撮ってもらった友人たちと相談して決めた。

「そのくらい取ってもいいと思うよ」

菊子は大きくうなずいた。

「例えば、私もこの間、所有している不動産でお客さんが退去したから、荷物をすべて運び出した状態でクリーニングしてもらったんだけど、だいたい九十平米のマンションを一日二人がかりで十万円かかった。友達は田舎の親族の家の荷物を運び出して処分してもらったら、百万かかったって言ってたからね」

「百万円！」

「家具や家電の処分代も含めてで、三日くらいかかったらしいけど。とにかく、今、そういう仕事は金額が上がっているから、二日で十万なら、むしろ安いかもしれない」

菊子はさらに言った。

「実は私も、この間、引っ越しをしたの。思い切って荷物を整理してすっきりした。静枝さんの話に触発されたのね」

「そうなんですか？」

「うん。前に住んでいたマンションは夫が生きている時に買ったものだから、広すぎてね。家具もマンションの仕様も、全部夫の趣味だったから、今度は本当に自分の好きな家に住もうと思ったんだ」

「え、今、どこに住んでいるんですか？」

「実は……北鎌倉《きたかまくら》の駅から十分くらいのところに古い家を買ったの。平屋で、前のオーナーさんがキッチンや浴室に素敵なリノベをしている家。庭に畑もある」

「すごい。でも、じゃあ、これからはそんなにお会いできなくなっちゃいますね」

菊子は驚いた顔をした。

「静枝さんがそんなこと言うなんて」

「え、変ですか？」

「前は、人付き合いはしたくありません、みたいな顔をしてたのに」

「そんな……あの時は若かったし」

菊子もちょっと怖かったし、と心の中で思った。

「これまでの住まいも武蔵小杉で、東京まで三十分はかかったんだから、そう違わないじゃない。北鎌倉の駅から東京駅まで、横須賀《よこすか》線でたった五十分ほどよ。いつでもまた会える」

本当にそうだろうか、と思った。一時間以上かかるのに、呼びだすのは気が引ける。

「居は気を移す、って言うけど、本当にそうねえ。今の家は、前のマンションの四分の一くらいの値段なの。でも、自分が働いたお金で、自分で選んで買ったの。私、やっと自分の人生が始まった気がする」

菊子はさらに元気になったように見えた。

駅前にいた萌は大きなマスクに帽子を目深にかぶっていた。まるで芸能人が顔を隠して来ているようだった。

「大丈夫？　関水さん」

加藤家まで歩き始めても、萌はどこか上の空で、何度も後ろを振り返っていたので、思わず尋ねた。

「体調でも悪いの？」

もしかして、風邪《かぜ》をひいているのかもしれない。それだったら、お年寄りの家には入れられない。

「いいえ、違いますいます」


萌は慌ててマスクを取り、首を振って、無理やりのように微笑んだ。

「そう、じゃあ、いいけど」

しかし、萌がマスクを取ると、それを待っていたかのように、後ろから話しかけられた。

「瑠璃華《るりか》？　瑠璃華だよね？」

どこかドスの利いた、中年男の声だった。驚いて振り返ると、麻のジャケットに短パン、帽子をかぶった男が萌の肩に手をかけようとしていた。静枝はとっさに、萌の肩を抱いて、守るように引き寄せてしまった。

「俺だよ、俺。やまだよしおだよ。前に会ったじゃん」

服装の一つ一つのアイテムはどれも高そうなのだが、ひどく皺が寄り、首回りは黒く汚れているのが、少し離れたところからでもわかった。少し身体が臭う。ちゃんとしたところに寝泊まりしていないように見えた。彼の現在が尋常ではない雰囲気を醸し出していた。

「違います」

萌が小さな声で抵抗した。

「すみません。私たち、これから仕事なので」

静枝はさらに男と萌の間に割って入った。

「約束がありますので、失礼します」

そして、肩を抱いたまま早足で歩き始めた。しかし、男はそのままついてきた。

「瑠璃華ちゃん、ちょっと話があるんだよ。仕事のあと、話せないかな」

萌の身体がぎゅっとこわばるのがわかった。

「俺、いろいろ買ってやったよね。おいしいものも食べさせて、お金もたくさん払ったじゃん。それ、少し返してくれないかな」

静枝にはわかった。この男は普通に対応していたらダメな人間だ、と。

「だから、違うって言ってるでしょ！　警察呼びますよ！」

静枝は差していた日傘を畳んで、それを刀のように構えた。男が一瞬、ひるむ顔を見せた。

「こっちは施設育ちで、あんたみたいな大人はたくさん見てきたんだよ！　施設に怒鳴り込んでくる親とか！　だから、慣れてる！　本当に警察呼んでやる！　口先だけだと思うなよ」

男は静枝の顔をしばらく見ていたが、静枝が本気だということはわかったらしく、「これだけで終わらないからな」と吐き捨てて、駅の方に歩いて行った。

「……昔、出会い系アプリで知り合った人なんです」

男の姿が見えなくなり、依頼主の家へ歩き始めると、萌が言った。

「……あ、前に言ってた、婚活の？」

萌は一瞬、戸惑ったが、はい、とうなずいた。

「しつこかったんですか？」

「あの人、前は羽振りがよかったんですが、今は仕事がうまくいってないみたいで、自分と会ってた時に払ったお金を返せって」

あの人、という言い方に、どこか、ただ婚活アプリで数回会っただけではない、二人の関係を察した。だけど、それ以上は踏《ふ》み込《こ》むことではない。

「たまたま利用する電車が一緒だったみたいで、この間、夫と二人でいる時、ばったり会ったんです。それから駅で時々、待ち伏せされるようになって」

萌が自分のところのような小規模事業、はっきり言ったらぱっとしない仕事に応募してきたのも、この男のことがあったからかもしれない。

「旦那さんには話したの？」

萌は首を振った。

「ちゃんと話して、引っ越した方がいいよ。ああいう輩はしつこいから」

「いくらかお金を渡したら、いなくなってくれないかな、って思うんですけど」

「いや、一度渡したら、つけ込まれる」

萌は細い首を折るようにして、うつむいた。気の毒になった。

「まあ、萌さんがそれでもいいならいいけど」

萌は小さくうなずいた。

「でもね、これも施設で学んだことなんだけど、万が一、これからあの男になんかされてケガでも負ったら、その場で警察に通報した方がいいよ。現行犯で捕まるから。あとから訴えると、逮捕されるまでめちゃくちゃ時間と手間がかかるんだよね」

「そうなんですか……」

萌への忠告というより、雑談のようなつもりで話しながら依頼者の家に向かった。

初めての本格的な生前整理の仕事の方はかなりうまくいった。

加藤家の老夫婦はすでにその気になっており、娘たち二人も来ていた。依頼主の、やる気ある長女と、どこか、「そんなことにお金までかけてやる必要ある？」と思っているらしい次女、という多少の温度差はあったものの、整理を始めれば皆、きれいになっていく様子に喜んでくれた。

いつものように台所から始め、洋服、靴箱と進んでいった。靴の整理の途中で老夫婦に少し疲れが見え始めたので、時間を残して、その日は終わりにした。

「また、明日来ます。何時がいいですか？」

娘たちと老夫婦は顔を見合わせた。

「……じゃあ、少し遅めに十時頃でいいかしらねえ」

「かしこまりました」

静枝と萌は駅までの道のりをびくびくしながら歩いた。また、あの男が来たら……と思っていたが、今回はいなかった。

「関水さん、大丈夫？　送って行こうか？」

駅で別れる時、静枝は思わず尋ねた。萌は小さく首を振る。

「じゃあ、明日は九時五十分にここでね」

自然と、萌の後ろ姿を見送る形になった。小さな背中だと思った。


翌朝、静枝はＮＨＫの朝のニュースを観ながらパンと牛乳で簡単な朝食をとった。ほとんど画面には目を向けず、スマホを観ていたら、女性の声がしてきた。

「……こういう新しい、女性のための美容家電を女性の手で生み出せるということはすばらしいですね」

ふっと顔を上げると、化粧気のない顔に青の作業着姿の三十代半ばの女がインタビューに答えていた。胸のあたりに、「滝沢明海《たきざわあけみ》さん」というテロップが出ていた。

ああ、よくある女の生き方的なやつか、と思ってまたスマホに目を落とすと、「でも、今回のプロジェクトは、女性だけにこだわっているわけではありません」というきっぱりとした声が聞こえた。静枝はまたテレビに目を向ける。

「男性にも子供にも、高齢者にもそれぞれ、使いやすい美容家電の提案ができることを目指しています」

話の内容に特別惹《ひ》かれたわけではない。これまで自動車部品を作っていたメーカーが新たに、美容家電の開発をすると言っても、静枝がそんな物を買えるような未来が来るとは思えなかった。ただ、取材を受けて彼女が自分の意見をきちんと伝えようとしている強さに惹かれたのだった。

「美容家電はもはや女性だけの物ではないので。もちろん、一番たくさん使う人は誰なのか、ということも意識しますが」

ふーん、なかなか言うじゃん、と思っていたら、手の中のスマホが激しく鳴った。関水萌と画面に出ていた。

「おはよう！　関水さん？」

「ごめんなさい。今日は……仕事に行けそうになくて」

「え？　どうして？」

いったい、何があったんだろうか。

「実は、昨日、あのあと、あの男がうちの駅でまた待ち伏せしていて……」

「えええ！」

やっぱり、自分が送って行けばよかった、と激しく後悔した。

「大丈夫？」

「腕をつかまれたんで、大声出したんです。そしたら、周りの人が警察を呼んでくれて、あの人、逃げていきました」

その一言に、ほっとした。

「腕を強くつかまれたんで、ちょっとアザとひっかき傷ができて」

「本当に？」

「はい。そんなひどくはないんですけど、警察にその場で被害届を出しますか、どうしますか？　って訊かれたんです」

「それで、どうしたの！」

「夫に知られるのが怖かったし、理由を夫に言うのも怖かったんだけど……」

萌が唾を飲み込んだような音がした。

「あたし、本当は昔、パパ活してたんです」

どこか、予想していたことではあった。だけど、はっきり言われると言葉が出なかった。

「夫にはそのこと黙ってたし、知られるのが怖くてこれまで警察とかは避けてたんだけど、昨日静枝さんに教えてもらったことを思い出して、被害届を出すことにしました」

「……いいと思うよ」

「はい。あたしも黙ってるの、つらかったし」

「で、旦那さんは？」

「びっくりしてたし、かなりショックを受けたみたい」

萌は低く笑った。

「でも、これまで自分がしてきたことの責任は取らないといけない、どこかで、ちゃんとつじつまを合わせないとって、ずっと思ってたから、心の奥で」

「わかった」

「それで一度、警察に行って、詳しい事情を話すことになっているんです。すみませんが、今日の仕事はお休みさせてもらえませんか」

正直、かなり困ると思ったが、しかたがない。

「わかった……なんとかするよ」

「本当にすみません」

「大丈夫。心当たりに声をかけてみるから」

じゃあ、と電話を切ろうとして、萌が言った。

「あの。ご迷惑をかけたのに、こんなことを言うのも図々しいんですが」

「はい？」

「できたら、この問題が片付いたら、また、働かせてもらえませんか？　斉藤さんのところで」

「……まあ、いいけど」

「あたし、こんなことを言ったらなんですが、お金はあるんです」

「本当、はっきり言うね」

思わず、低く笑ってしまった。

「ええ、そんな仕事してましたから。だけど、夫にはそのお金のことも話してなくて。だから、夫に言われてしかたなく、少しだけ働こうと思って斉藤さんのところにうかがったんですけど、ああいうふうにお年寄りの家に行って、優しい人に囲まれて働くっていいなって思ったんです。だから――」

「そういうことなら、落ち着いたら連絡して」

本当にあたしがこんなこと、頼める筋合いじゃないと思うんですが、と萌は何度も謝りながら、電話は切れた。

はあっとため息が出てしまった。

萌のことはよかったと思う。これからどうなるかわからないが……ただ、今日一日、どうしよう。

以前、一緒に訪問介護をしていた友人など、心当たりに一通り、連絡してみたが、平日の午前中にいきなり働ける人はいなかった。

どうしよう、と再度思った時、ある人のことを思いついた。

「響子さん、急にすみません」

武蔵小金井駅……昨日、萌と別れた場所で、静枝は乙部響子に頭を下げた。

「ううん、ううん。誘ってくれてありがとう。本当に嬉しかった」

静枝が最後に思いついたのが、年金暮らしの乙部響子だった。

「響子さん、今日空いてませんか？　一日だけでいいので、生前整理の仕事をサポートしてくれませんか？」

「え、今日なら空いてるけど……」

「お願いします！　一時間千二百円でどうでしょうか？　いや、今日一日で八時間以内で終わったとしても、一万円出します！　交通費も支給します」

「えええ、そんなに？」

「来てもらえたら、本当に助かります」

正直、生前整理を依頼した側で、数回会っただけの響子がどのくらい働けるのか、良い人そうではあるが一緒に働いて大丈夫な人間なのか、よくわからなかった。だけど、この際、選べる立場じゃない。

加藤家まで歩きながら簡単に説明した。

「言いにくいんですけど、向こうの家に行ったら、家の中をじろじろ見たりしないでくださいね。結構、物がある家ですけど、驚かないように」

「はい。わかりました」

簡単な注意事項を話しているうちに、加藤家に到着する。

「今日は、昨日来ていた関水がお休みで、急遽《きゅうきょ》、こちらの乙部さんに来てもらいました」

今朝は娘たちはおらず、老夫婦だけだった。彼女たちからの信頼を得たのかもしれない。

「そうですか、よろしくお願いします」

妻は特に不審は抱かなかったようで、深々とお辞儀をした。

「こちらこそ。乙部響子と申します」

「乙部さんもうちのサービスを利用してくれた方なんですよ」

隠してもしかたないと思って、静枝はありのままを話した。

「あら、そうなんですか、あなたも……」

「はい。私もズーズー生前整理学校の生徒なんです」

響子が冗談を言って笑わせた。

その日はまず、バッグを片付けることにした。昨日、家中のバッグを全部、一ヵ所に集めて欲しい、と頼んでおいたのだった。

「もう、この歳だから、バッグなんてそうないけど」と言っていたのに、居間に集められたバッグはそこそこの数があった。小さな山ができている。

「集めてみたら、結構、ありました」

妻の方が少し恥ずかしそうに笑った。

革のバッグがハンドバッグやショルダーバッグ、トートバッグなど大小合わせて十以上、ポリエステル素材などのエコバッグが十近くあった。それ以外に冠婚葬祭《かんこんそうさい》用の黒のバッグも、お財布しか入らなそうなものやトートバッグタイプのもの、夏用の素材など三つ……。それに旅行用バッグや男物のセカンドバッグなども。

「では今、使っている物だけを残して、処分しましょうか」

「……今、使っている物を、と言われたら、エコバッグ以外は何も残らないわよ」

生前整理を始めて、初めて彼女がわずかに不満を込めて言った。もしかしたら、バッグには多少の思い入れがあるのかもしれない。それとも、整理を強硬に進めようとしていた娘たちがいなくなって、地が出たのだろうか。

「わかります。歳を取ると、バッグって本当に持って出かける場所がなくなりますよねえ」

響子がおっとりと取りなす。

「でも、高かったやつとか、捨てるのもったいないし」

「あら、おたくも？」

「ええ、私も……斉藤さんに手伝ってもらって、今はハンドバッグ一つとトートバッグ、お葬式用の黒のやつだけにしましたけどね、捨てるの、勇気いりました」

「でも、お葬式用が一つだと、ちょっと離れた場所でお葬式があった時とか、困らない？」

「はい。なので、トートバッグも黒の革のにしたんです。お葬式にも持って行けるし、汚れも目立たないかなと思って」

「まあ。でも、結婚式なんかはどうするの？」

「それは、割り切って、新しく買うか、娘に借りようと思って。もう、親戚の結婚式なんてほとんどないですけど」

「なるほどねえ」

「お前だってもう、親戚も何もおっちんじまって、この地域の人の葬式以外、何年もないじゃないか」

横から夫が口をはさんだ。

「そういうことじゃないんですよ」

妻がにらむ。

「だけど、そうねえ、黒いトートバッグがあったら、なんでも代用できるわねえ」

「では、こちらのバッグは奥様と乙部さんでやってもらって、私と旦那様で寝具の片付けをしましょうか」

「え、寝具、お父さんでわかる？」

「一応、旦那様にいる物といらない物を分けてもらってから、捨てる前に奥様に見ていただくことにしますか」

二つの部屋に分かれて整理を始めた。

夫の言う通りに、寝具を選《え》り分けていると、下の部屋から話し声が聞こえてきた。

「……それが、私もびっくりしたんですけど、斉藤さんに生前整理してもらってから、生活費がぐっと減ったんですよ」

「え？　どのくらい？」

「一人でも何だかんだ、月五万近くかかっていて、そこから減らせなかったのが、気がついたら四万以下になっていて。本当に必要な物が見えてきたし、余計な物を買わなくなったんですね」

「あらあ、それはすごいわね」

静枝は自然と微笑んでしまった。響子を連れて来たのは、思っていた以上に当たりだったかもしれない。


仕事を終えた帰り道、静枝は響子に、用意していた一万円と交通費を封筒に入れて渡した。

「今日はありがとうございました」

「いいえ、こんなことで、こんなにもらって……ありがとうございます。それに、とっても楽しかった」

「ええ？　そうでしたか？　これからもお願いしてもいいですか？」

「もちろん！　こちらこそ、嬉しい」

じゃあね、またなんかあったら、呼んで。

響子は別れ際、いつまでも手を振っていた。

静枝は電車の中で封筒をそっと開き、もらった十万を見た。

響子や萌にも日当と交通費を払ったし、経費もいろいろ引かれるから、これが全部、自分のお金にはならない。だけど、これから給与以外に収入が増えていけば……。

月収十七万から抜け出せるかもしれない。毎日、かつかつのこの暮らしから。

響子も思っていた以上に喜んでいた。

自分が考えて始めた事業で、お金が動き、他の人も潤《うるお》うのだ。

自分も豊かになりたいし、人のことも豊かにしたい。

もっと大きく言ったら、この国を豊かにしたい。それが起業ということならもっともっとやってみたい。

おおげさだけど、なんだか、今の自分にはなんでもできるような気がしていた。

静枝は十万円の入った封筒をリュックの奥の方にしまい込み、スマホを出してさらに依頼者が増えるよう、自社のホームページをチェックし始めた。

参考文献

『きみのお金は誰のため　ボスが教えてくれた「お金の謎」と「社会のしくみ」』田内 学
　東洋経済新報社
『ルポ 難民化する老人たち』林 美保子　イースト・プレス

初出
「婦人公論」二〇二四年一月～二〇二四年十二月号に掲載
された作品に加筆修正しました。

この作品はフィクションです。実在する人物、団体等とは
一切関係ありません。

原田ひ香

1970年神奈川県生まれ。2005年「リトルプリンセス二号」で第34回ＮＨＫ創作ラジオドラマ大賞受賞。07年「はじまらないティータイム」で第31回すばる文学賞受賞。他の著書に『古本食堂　新装開店』（角川春樹事務所）、「ランチ酒」シリーズ（祥伝社）、『三千円の使いかた』、『母親からの小包はなぜこんなにダサいのか』（中公文庫）など多数。

月《げっ》 収《しゅう》

2025年２月25日　初版発行
2025年６月20日　８版発行

著　者　原《はら》田《だ》 ひ 香《か》

発行者　安 部 順 一

発行所　中央公論新社

〒100-8152　東京都千代田区大手町1-7-1
電話　販売 03-5299-1730　編集 03-5299-1740
URL https://www.chuko.co.jp/

ＤＴＰ　ハンズ・ミケ
印　刷　共同印刷
製　本　大口製本印刷

Published by CHUOKORON-SHINSHA, INC.
Printed in Japan　ISBN978-4-12-005885-1 C0093

母親からの小包はなぜこんなにダサいのか

原田ひ香

大ヒット
『三千円の使いかた』
に続く、
感動家族小説！

イラスト／あわい

野菜、お米、緩衝材代わりの肌着や靴下、ご当地のお菓子など。昭和、平成、令和——時代は変わっても、実家から送られてくる小包の中身は変わらない!?　業者から買った野菜を「実家から」と偽る女性、父が毎年受け取っていた小包の謎、そして母から届いた最後の荷物。家族から届く様々な《想い》を、是非、開封してください。

〈解説〉岩井志麻子

中公文庫

古内一絵の本

最高のアフタヌーンティーの作り方

老舗・桜山ホテルで、憧れのアフタヌーンティーチームへ異動した涼音。でも初めて提出した企画書は、シェフ・パティシエの達也に却下される。悩む涼音は、お客様、先輩、そして達也の隠れた努力を垣間見ることで、自分なりの「最高のアフタヌーンティー」企画を練り直し……。

単行本